指先は夜を奏でる
目を閉じて、唇を舐められる感触に小さく震える。抵抗どころか、これでは受けいれているようだと、冷静な部分がひそかに溜め息をつく。

指先《ゆびさき》は夜《よる》を奏《かな》でる

きたざわ尋子《じんこ》

ILLUSTRATION

みろくことこ

CONTENTS

指先は夜を奏でる

指先は夜を奏でる

一ヵ月前、鷹宮奏流《たかみやかなる》には母親ができた。

もちろん実の母親ではなく、父親の再婚によってできた、いわゆる継母《ままはは》だ。奏流は十歳のときから彼女を知っているので、かれこれもう十年のつきあいになる。自分の母親というよりは、父親の妻という感覚だが、互いのことは好意的に思っているし、再婚にも心から祝福した。

大学に入って二年目の、大型連休の最初の日。奏流の誕生日であるその日に、航空便でプレゼントが届いた。数週間前に新婚旅行へ出かけた両親からだった。

「忘れてなかったんだ……」

受け取った小さめの箱と、ついでに郵便受けから取ってきたカードを手に、奏流はリビングルームへ行く。発送はシンガポールからで、船が寄港した際に買ったものらしい。

そう、両親の新婚旅行は客船で世界を一周するというものだ。約三ヵ月という長い旅は、まだ三分の一も消化していない状態だった。

ソファに座り、外箱を開けてみると、プレゼントと一緒にバースデーカードが入っていた。メッセージは短いが、ふたりがそれぞれに祝いの言葉を書いてくれていた。ふたりで選んだというプレゼントは腕時計で、名の通った海外ブランドのものだ。どうやら男女兼用らしく、文字盤は大きなものではないが、これは奏流の腕が男にしては細いのを考慮したのかもしれない。余計な装飾のない黒い文字盤と、全体のシルバーがシンプルでとても品のいい仕上がりだ。

仲よく買いものをするふたりの姿が目に浮かぶようだった。

父親は今年で六十歳で、新しい母親は四十八歳。多少の年の差はあるが、それを感じさせない夫婦だといえる。

「うん、いい感じ」

箱から取りだして腕にはめると、サイズはぴったりだった。出発前に調べておいたのか、それとも当てずっぽうなのかは不明だが、ベルトの調整は問題ないようだ。しかもきちんと日本時間にあわせてあった。

時計をはめた腕を少し上にかざし、いろいろな角度から見た。さすがの見立てだ。父親ひとりなら、こうはいかなかっただろう。かつては仕事仕事で家庭を顧みず、妻や子供の誕生日も忘れるような男だった。ここ何年かで、父親はかなり変わったと思う。がむしゃらに仕事をする時期を過ぎたためか、現在の妻の影響か、あるいは前妻との諍《いさか》いで心を入れ替えたのか、すっかり仕事から自分自身、あるいは家族へと目を移した。跡継ぎを得たというのも大きな理由なのかもしれない。

郵便受けから取ってきたカードは、市販のバースデーカードで、いつものように住所と宛名《あてな》だけが手書きされている。差出人名はないが、実母だということはわかっていた。今年の消印は沖縄だ。毎年違う場所から投函《とうかん》しているのだ。

「たまには近況くらい、教えてくれればいいのに……」

離婚が成立して以来、母親とは誕生日にこうしてカードをもらうくらいの接触しかない。もう母を恋しがる年ではないが、たまにはメールくらい……とは思う。向こうがそんな感じだから、奏流も遠慮してしまい、自分から電話やメールができないのだ。もし彼女が父親のように新しい家庭を持とうとしているならば、じゃますることになるかもしれない、とも考えてしまう。

　プレゼントとカード、そしてコーヒーが入ったマグカップを手に、二階にある自室に入った。十五畳程度の室内には、ベッドとライティングデスク、そしてグランドピアノが置いてある。それ以外の家具はほとんど作りつけだ。

　ピアノがあるために、奏流の部屋は遮音性が高い作りになっている。壁も窓も、ドアも特別なものだ。おかげでピアノを弾くときだけでなく、音楽を聞く際にもこの遮音性は役立っている。多少の音ならば近隣住民の迷惑になるようなこともない。もちろん常識の範囲の音ならば、の話だ。

　この五ＬＤＫの家に、いま現在奏流はひとりだった。

　クローゼットから服を選びだしていると、携帯電話が鳴った。

　待ちあわせの相手だ。二十歳の誕生日を祝うために、今日は外で食事をご馳走《ちそう》してくれることになっている。

「はい。あ……うん、さっきプレゼントが届いたよ。シンガポールで買ったみたいで、腕時計だった。今日してくよ。それで、いまどこ？　時間に間にあいそう？　うん……じゃ、予定通りってことで。六時にオルキディーアね」

　電話を切って、奏流はふうと息をつく。

　どうやら無事に出張から帰ってこられるらしい。まだ新幹線のなかだと言っていたが、マンションに寄って着替える時間は充分にあるだろう。

祝ってくれるという彼は、奏流にとって一番近い身内だ。親が旅行で不在だからではなく、また実母が出ていったからでもない。十年も前から、彼はそういう存在だった。

時間までずいぶんとあるが、買いたいものがあるから早めに出ることにして、奏流は身支度をすませた。それなりの店に入っても浮かない服を身に着け、鏡の前に立つ。相変わらず男らしさに欠ける顔がそこにあった。

特に童顔というわけではない。無理をすれば高校生に見られなくもないだろうが、同じ年代の青年ならば珍しくもない話だ。だが線の細い、どちらかと言えば甘めの顔立ちは、二十歳という年齢を迎えても、少しも変わってくれなかった。

女の子から羨《うらや》ましがられる小さな顔に、アーモンド型の大きな目。縁取るまつげは長く、こちらもよく感心されるものだ。総じて顔立ちは母親によく似ていて、その彼女は若いころから美しいと評判だったらしい。さすがに女性的だとは言われないが、男くさくないとはよく言われ、何度か王子さまっぽいと表現された。

とても褒め言葉だとは思えない。子供ならばともかく、この年で王子さまだなんて、揶揄《やゆ》以外のなんだというのだ。おまけに奏流への褒め言葉の多くは「きれい」だ。格好いいでもなければ、ちまたでよく使われるイケメンでもない。

「身長が足りないのか……？」

平均は超えているが、背が高いわけではない。おまけに骨格と体質の問題で、どんなに食べても太らないいし、鍛えても厚い筋肉はつかない。いまどきの青年にありがちな、ひょろりと細い身体《からだ》つきなのだ。

奏流は嘆息し、鏡の前から離れた。いくら見たところで顔や体格が変わるわけでもないいし、いまから劇的に男らしい外見に変わることもありえない。

昔から奏流はリアリストだ。冷静かどうかはともかく、理想に燃えたり夢を追いかけたりするタイプではなかった。だから自分の限界には早々に気づいたし、気づいた途端に足掻《あが》きもせずに諦《あきら》めてしまった。どうしようもない壁があることも、とっくに知っていた。

ずっと続けているピアノでも同じだった。

(もう二十歳……か)

そろそろ将来のことも考えねばならない年齢になってしまった。これから会う男に相談したら、なんと言うだろうか。

奏流はぼんやりとそんなことを考えながら家を出て、閑静な住宅街を歩いて駅へと向かった。

時間より少し早く着いた店に入ると、奏流の顔を覚えている店員がにこやかに確認をし、すぐに席へと案内してくれた。食事の相手はまだ着いていなかった。

ただぼんやりしているのも間が保《も》たないから、とりあえずドリンクだけ頼んだ。ピンクグレープフルーツのジュースで、まるでカクテルのようにフルートグラスに入っている。グラスの縁にはカットフルーツが差してあった。

店内は上品で落ち着いているが、ほどよくにぎやかでもあった。テーブル同士の間隔が広く取られているので、隣の客が気になることもない。

白い壁にきれいな色合いの絵画、真っ白なクロスに柔らかな色の照明。高級感を保ちつつも温かみのあるインテリアは、客を身がまえさせないようにと、あちこちに心配りがされている。もちろん接客もそうだ。

（そっか……酒でもよかったんだ）

グラスを眺めているうちに、ふとそう思った。家のなかではともかく、外ではけっして飲ませてもらえなかったから、つい習慣でジュースを頼んでしまったのだ。

二十歳になったからといって、奏流のなかでなにがどう変わったわけではない。日付を越えたところで、いきなり大人になれるわけでもないし、実際に昨日までの自分との違いも感じられない。とっくに子供でもないという意識はあったわけだから、あくまで法律上のことだ。酒を飲んでも煙草《たばこ》を吸っても、法律的に許されるというだけ。

（あとは選挙権くらいか……）

いずれも奏流にしてみれば、大きな意味があることではなかった。

音大へと進んだことに関しても、やはり同様に大きな意味や目的はない。奏流にとっても周囲にとっても、それがごく自然なことであり、ほかの選択肢が思いつかなかったというだけの話だ。いや、思いつく以前に、考えもしなかったのだ。

飲むでもなくジュースを眺めて考えごとにふけっているうち、視界のなかにひとの姿が入ってきた。はっとして顔を上げると、店員に案内されてきた待ちびとがいた。

自然と顔がほころんだ。

「すみません。待たせてしまいましたね」

「俺《おれ》が早く来ただけだって」

向かいに座った男は、奏流にとっては兄弟同然の相手だった。

茅野真継《かやのまさつぐ》という名の彼は、新しい母のひとり息子だ。だが戸籍上は奏流と兄弟ではない。再婚の際に父親と養子縁組をしなかったからだ。将来的なことを考えた父親は、籍に入ることを望んだのだが、本人が時期を見てと言ったので、いまのところはそのままになっていた。

そして口調は以前と同様の、丁寧なままだ。自分たちの関係は事実上、兄弟になったというのに、真継は他人行儀なのだ。奏流に「さん」をつけて呼ぶことも変えてくれない。

「なんです？」

「別に。仙台《せんだい》出張、楽しかった？」

なんの気なしに尋ねると、冗談めかしてじろりと睨《にら》まれた。眼鏡《めがね》の奥にある切れ長の目は、明らかに笑っていた。

「出張が楽しいはずないでしょう」

「仕事が終わったあとは、楽しいかもしれないだろ？　国分町《こくぶんちょう》あたりで飲んでたんじゃないの？」

「否定はしませんが、つきあいですからね。楽しくもなんともないですよ」

理知的な印象の顔立ちは、そのつきあいの影響を微塵《みじん》も感じさせない。まだ三十前だというのに、そうとは思えない落ち着きと風格を持っているのは、何年も前からしてきた準備のおかげかもしれないし、もともと彼が持っていた資質のせいなのかもしれない。

いずれにしても奏流にはないものだった。見かけから資質から、なにもかもが違う。たとえばこういう高級店で会食をしていても似あうし、女性をエスコートしていても違和感はない。派手《はで》さのない端正な顔立ちに、奏流より十センチ以上高いだろう身長で、スタイルはかなり日本人離れしている。華やかなデザインのスーツならばモデルもかくやという出来映えになるだろうし、ビジネススーツも見事に似あっていた。

羨ましいという範疇《はんちゅう》ではなく、もはやこれは別次元だと奏流は思っている。

「なんです？」

「別に。相変わらず老けてるなと思って」

「褒め言葉として受け取っておきます」

勝手にしろよ、と口に出そうと思ったら、フロアマネージャーがオーダーを取りに来てしまったので、奏流は押し黙った。

コースはあらかじめ頼んであったようで、真継はまず食前酒を注文した。季節のフルーツをスプマンテで割ったものらしい。間違いなく奏流が飲めそうなものをセレクトしたのだ。

「成人しましたし、これで堂々と飲めますね」

「大学生が酒飲んだって、誰《だれ》も咎《とが》めないだろ」

「ケジメです」

「変に堅いとこあるよな。そんなんで、大丈夫なのか？　会社とかさ……」

「ご心配なく。それなりに振る舞っていますよ。どこの馬の骨とも知れない若造が、ちゃっかり社長代理に収まってるんですから、場に応じてね」

「またそういう……どうせそんなの本気で思ってないだろ？」

「思われて当然だという話ですよ」

まったく気にした様子もなく笑う真継に、奏流は曖昧《あいまい》な笑みを返した。当の社長はいまごろ海の上だが、おそらくこのまま会社を真継に譲り渡すつもりでいることだろう。そのために何年もかけて着々と計画を進め、二年前から会社は事実上、真継が動かしていた。

不動産業だった会社の業務内容を変え、現在の形にしたのは、真継の提案だったのだ。コインパーキングや駐車場機器のレンタル、トランクルームの経営などが主な業務で、いまではアイホークという看板のコインパーキングをよく見かけるようになった。真継は大学生のときから、この業務変更に関《かか》わってきたのだから、いまさら文句を言う社員が大勢いるとは思えなかった。もちろん皆無ではないのだろうが。

「言われたとしても、真継が若いってことだけだろ？」

「まぁ、そうですね。それは仕方ないですし、結果を出しているあいだは問題ないでしょう」

学生のころから嫌味なほど優秀だった真継は、いまでも期待を裏切ることなく、このご時世でも会社を黒字に保っている。父親の判断は正しかった。

実子である奏流にとっても、真継の存在はありがたいものだった。プロの演奏家としては無理だが、ピアノで食べていきたいという気持ちはずっと持ち続けているからだ。

食前酒が運ばれると、真継はグラスを手に微笑《ほほえ》みかけた。

「誕生日おめでとう。今日から一応、大人の仲間入りですね」

「仲間外れにならないように、なんとかやってくよ」

口にした酒は、ほのかに苺《いちご》の味がした。ベースになっているスプマンテも少し甘めで、女性向きの食前酒なのだろう。確かに飲みやすかった。

「プレゼントの時計は、それですか？」

「あ、うん」

奏流は手首を少し前へ出し、時計がよく見えるようにゆっくり手首を返す。

「なるほど。母の趣味ですね」

「だよね」

真継の母は若くして結婚し、真継を生んだが、三十になるかならないかのころに夫を病気で亡くし、以来ひとり息子を女手ひとつで育てあげた。奏流たちの前にやってきたのも、家政婦としてだった。

苦労したわりに所帯疲れした印象がなく、いまだにとても若々しくセンスも抜群だ。

「わたしからのプレゼントは、帰ってから渡しますよ」

「え、これじゃないの？」

てっきり食事がプレゼントだと思っていた奏流は目を丸くしたが、真継はそう思われていたことに気づいて不満げな顔をした。

「二十歳の誕生日なんですよ」

「それって特別？」

「わたしにとってはそうです」

「ふぅん」

グラスに口をつけ、そんなものかと思った。

最初の皿が運ばれてきて、会話は中断した。アミューズという前菜の前の小さな皿で、一口で食べきれるくらいの帆立《ほたて》のムースにキャビアが載っている。前菜までにこれが何品も続くのが、この店の特徴だ。

「ところで、コンクールはどうなったんですか？」

「あ、そっか。まだ言ってなかったっけ。二次通ったよ」

勧められるままエントリーすることになったコンクールに、奏流は運よくいまのところ残っている。だが実力から考えて優勝はありえない。同じ大学から出場している女の子が、ずば抜けてうまく、彼女を上まわる自分というものがまったく想像できないからだ。いや、それ以上にほうぼうから実力者が本選にやってくるわけで、入賞を果たせたら御の字というのが実情だ。

「本選の日時を、あとで教えて下さい」

「うん」

食事をしながらの会話は、コンクールのことから大学のこと、そして真継の仕事のことへと移っていった。今回の出張は、関東近辺に限られていたホークレンタリースの事業を拡大する目的があった。東北進出への拠点が仙台であり、事業所の設立のために足を運んでいたのだ。

たっぷりと時間をかけた食事が終わると、飲みに行こうと誘われた。もちろん初めてのことだ。まっすぐ家へ帰るのかと思っていた奏流は、戸惑いながら頷《うなず》いた。仮に酔いつぶれたところで、真継がいればなんの心配もない。彼はマンションでひとり暮らしをしているが、週末は鷹宮の家で過ごすことが多く、この連休もその予定なのだ。おそらく留守をひとりで預かる奏流を心配し、かまってくれようとしているのだろう。もちろんひとりでは家のなかをきれいに保てないので、通いのお手伝いさんが来てくれている。

「奏流さん向きの店があるんですよ」

「俺向き……？」

レストランから少し歩き、まるで隠れ家のようにひっそりと佇《たたず》む店へと連れていかれた。低層のビルの薄暗い階段を下り、雰囲気のある木製のドアをくぐると、ジャズが流れる、いかにもといった空間が広がった。

そう広くはない店内で、客の入りは半分ほど。客層はやや高めで、団体で来ている客はいない。奥にアップライトピアノが見えるが、蓋《ふた》は閉じられたままだ。使えるのか飾りなのかもわからないが、とにかくいまは眠っていた。

奏流と真継はカウンター席に並んで座った。カウンター越しに壮年のマスターらしき男性がいて、オーダーを告げるとすぐにカクテルを作り、奏流の前に置いた。真継はウイスキーだった。

それをちびちびと舐《な》めながら、少しばかり落ち着かない気分を味わった。ひどく自分が場違いな気がした。

「なんか、浮いてる気がする」

「見るからに若いですからね。違う意味でも視線は集めるでしょうけど。これだけきれいな子は、珍しいですから」

「……さっきも考えてたんだけど、なんで俺はそういうこと言われちゃうわけ？　ちょっとくらい女顔でも、格好いいって言われるひといるだろ？　なにが違うんだ？」

テレビや雑誌を見ていれば、奏流などよりもよほど女性的な顔立ちをした者はいる。大学にもいないわけではない。だが確実に奏流とは扱いが違うのだ。

カラカラと氷を鳴らして考えて、真継はグラスを置いた。

「たぶん雰囲気の問題じゃないですかね。見るからにお坊ちゃんという風情ですから。いや、深窓のご令嬢というべきかな」

「なんでご令嬢なんだよ」

「ですから雰囲気の問題です。お嬢さまっぽいんですよ、ようするに」

「はぁ……？　お、お嬢さまってなんだよ、お嬢さまって！」

とっさに声が大きくなりそうになったが、なんとかこらえ、小声で怒鳴るという器用な芸当を披露した。聞き捨てならない言葉だった。

だが真継はしれっと続けた。

「レースのカーテンがかかった出窓にいる、真っ白のチンチラという感じですかね。ベタなイメージですが」

「チンチラって、毛の長い猫か？」

「そうです。どなたか飼っていたじゃないですか。口うるさい親類のどなたかが」

「二十歳になった男にそれはどうなんだよ。いや、その前にお嬢さまもだけど」

「わたしにはそう見えるんだから仕方ないでしょう。おそらく近いものを感じてる人間はいると思いますけどね」

「……この話、やめていい？」

「どうぞ。始めたのは奏流さんですから」

耐えられなくなって音を上げると、あっさりとした答えが帰ってきた。突き放されたような気分になりかけるが、真継の視線がそうさせなかった。

「なに？」

「いえ。今日から連休だったなと思って」

涼しげな氷の音に、奏流の視線は自然とグラスへ向かった。長い指がグラスを揺らしている。奏流が好きな、男らしくてきれいな手だ。大きくて、節くれ立った指が長くて、動くときは流れるような印象がある。

（手フェチの気があるよな、俺って……）

理想の手だと思う。容姿のことではほとんど諦めている奏流だが、いまだに手だけは真継が羨ましくてならない。

グラスが口へと運ばれ、薄くなった琥珀《こはく》色の液体が、喉《のど》を通っていくさまがはっきりとわかる。動いた喉を見て、奇妙なほど落ち着かない気分になった。

「あ……その、あれ……ゆっくり休んだらいいよ。父《とう》さんいないし、ずっと気を張ってたんだろうしさ。俺も大して用事ないから、一緒にだらーっとしようよ」

「……そうですね」

引っかかる返事を問いただそうとしたとき、視界の隅でひとが動く気配がした。ひとりの女性が奥へ向かっている。

奏流は彼女を凝視した。慣れた様子でピアノの前に座り、間もなく指先がジャズを奏で始めた。やはり生演奏があったのだ。思えば少し前に流れていた音楽はやんでいた。

彼女の年は三十代の後半といったところだろうか。あるいはもう少しいっているかもしれないが、充分にきれいなひとで、白いシャツに黒のワイドパンツという姿が、ストイックでいて妙に艶《なま》めかしい。ドレスでないところがいいと思った。

「マスターの奥さんなんですよ」

耳打ちするように、真継は囁《ささや》いた。だがそんな情報はどうでもいい。彼女が何者であるかに奏流は興味がなかった。

あるのは彼女の音だ。ジャズとクラシックという違いはあれど、これだけ近くで演奏されれば、意識を奪われずにはいられない。それに聴く分にはどちらも好きなのだ。

スイングが心地いい。有名なスタンダードナンバーは耳によく馴染《なじ》み、奏流の指先は自然とカウンターを叩《たた》いていた。

「もしかして、ピアノを？」

尋ねるマスターの質問も耳には入らず、代わりに真継が「ええ」と返した。

「音大生なんです。もうわたしのことなど頭にないらしい」

一曲終わるまで真継は奏流の隣でおとなしくしていたが、二曲目に入ってしばらくして、奏流の手に冷たいグラスを押しつけてきた。

奏流ははっと我に返った。

「そろそろ戻ってきてくれませんかね」

「あ……ああ、うん」

一度は真継の顔を見たものの、すぐにまた目がピアノのほうへと向かってしまう。話しかけられても上の空だ。

結局数曲の演奏が終わるまで、奏流は隣にいる男のことなどほとんど思いださなかった。

真継はやや呆《あき》れながらも、ひとりで酒を飲んでいた。この程度のことで気分を害したり怒ったりする人間ではないが、さすがに苦笑まじりだった。


酒と演奏をたっぷりと堪能《たんのう》し、奏流はふわふわとした心地よい酔いに身を任せたまま、真継と一緒に自宅に帰ってきた。

いい誕生日だったと思う。まだ三十分近く残ってはいるが、だったで締めてもいいだろう。

「真継ー、水ぅ……」

「はいはい」

リビングのソファにだらしなく座って、奏流は普段出さない甘えた声を出した。酔っている自覚はあるが、コントロールができなかった。ただし自制心が少しばかり甘くなるだけで、考える力はちゃんと残っている。それすら真継に言わせれば、どこか危なっかしいものだったが。

受け取った水をごくごくと飲み、奏流は満足そうに目を細めた。

長いソファの並びに、上着とネクタイを外した真継が座った。

「予想以上に食いついてましたね」

「ん？」

「ピアノ」

「ああ……うん。まぁね……なんかさ、ああいうのいいなって、思って。バイトとか、どっか募集してないかな」

「だめですよ」

間髪入れずに否定され、奏流は呆気《あっけ》にとられて真継を見つめた。ここで即座に却下されるとは、まったく考えていなかった。

思わず酔いに任せてムッとした。

「なんで」

「あそこは客筋がいいですが、店によっては酔った客が絡んでくる可能性だってあるんですよ。あなたに、うまくあしらえるとは思えない」

「そんなこと……確かに、それはちょっとあるかもしれないけど、やってみなきゃわからないだろ？」

「もし酒を勧められたらどうします。弱いんですから、危険ですよ」

「いや、急性になるほど弱くないって」

「その危険じゃないんですけどね」

やれやれと言わんばかりに重たい溜《た》め息《いき》をつかれてしまった。

「じゃあ、なにが危ないんだよ」

「酔わされて、お持ち帰りされる危険ですよ。わかりますか？　襲われるということです。わたしが警戒しているのは男ですが、場合によっては女性も……」

「あはははは」

最後まで聞いていられず、奏流は声を立てて笑っていた。真面目《まじめ》な顔でなにを言いだすかと思ったら、あまりに予想外でおかしくなってしまった。

どうして男の自分がそんな心配をしなければならないのだろうか。もちろん同性愛の存在は知っているし、奏流自身も同性から告白されたことがないわけではない。しかしながら真継の心配は、杞憂《きゆう》というしかないと思った。

笑い声を遮ったのは、真継の深い溜め息だった。

「普段のあなたでしたら、多少はヤキモキしますが、心配はしませんよ」

「はぁ」

「相変わらず、こういうことには鈍いんですね。どうやらまだ少しも気づいていないようですし」

「……なんの話？」

鈍いと言われて楽しいはずもなく、奏流は据わった目で真継を見て、上体を前に倒すようにして彼に近づいた。

その顎《あご》を長い指で掬《すく》いあげられ、なんだろうと思う間もなく唇を塞《ふさ》がれた。

「っ……」

驚きに目を瞠《みは》るものの、それだけだった。身体ばかりか頭のなかまで固まり、奏流はおとなしくキスを受けいれることになった。

我に返ったのは、真継の舌先が奏流の下唇を舐め、未練たっぷりに離れていったときだった。

「な……なっ……」

「愛してますよ。わたしのものになりなさい」

酔いは一瞬で醒《さ》めた。静かに告げられた言葉に、奏流はふたたび茫然《ぼうぜん》とした。

頭を内側から殴られたような衝撃だった。言葉の意味はすぐわかったのに、わかりたくないと駄々《だだ》をこねる自分もいて、同じところで思考がぐるぐるとまわっている。

大きな手が奏流の頬《ほお》に添えられ、包むようにしてそこを撫《な》でた。壊れやすい大事なものに触れるか

のように、あるいは艶めかしい愛撫《あいぶ》のように。

「もう何年も前から、あなたが欲しいと思ってました。だから今日という日を待って、言おうと決めてたんです」

「う、嘘《うそ》……」

「疑うのでしたら、いますぐ証明しましょうか。そうですね、言葉ではだめみたいですから、ここはやはり身体になりますか」

「カラダ？」

「セックスしましょうか」

ストレートに言葉を突きつけられ、奏流は滑稽《こっけい》なほどうろたえた。真継の口から、こういった単語が出たのは初めてだった。彼は学生のころから、付きあっている相手を奏流を含む家族に会わせたことがなかったし、積極的に話をするタイプでもなかった。もちろん年の離れた弟のような存在に、生々しい話を聞かせもしなかった。

啞然《あぜん》とした顔で、奏流は真継を見つめていた。

「たからもののように抱いて差しあげますよ」

にっこりと笑われても、気分が和むはずもない。固まったままの頭のなかでは、突きつけられた単語がぐるぐるまわっていた。

そんな奏流に焦《じ》れた様子もなく、真継はじっと顔を見つめている。ただし頬に添えた手は、ゆっくりと首へ下りていった。

　びくっと身体が震えた。

　指先がシャツのボタンにかかったのを知り、ようやく奏流は我に返った。

「ちょっ……む、無理っ」

「無理？」

「うん、無理だから！　ない、ないから、それ！」

　必死にかぶりを振り、逃げるように後ろへと身を引いた。それでもソファの上にいたのは、危機感を覚えるほどの熱量を感じなかったからだ。真継の涼しげな態度を見ていると、いまひとつ本気なのか冗談なのかの判別がつかない。

　だいたいこれまでそんな素振りはなかったのだ。血の繋《つな》がりこそないが、しっかりとした信頼関係で結ばれ、ほどほどの距離感と親しさが心地いいと思っていた。そんな年の離れた兄弟として、なんの問題もなくやってきたはずだった。

「な、なんで、いきなり……」

「いきなりじゃないですよ。今日までずっと待ってたんです。そう言ったでしょう」

「は……？」

「かれこれ五年になりますかね……もう少し長いかな。恋愛感情だと自覚をしたのは、あなたが中学生のときですから。ま、最初に会ったころから、それなりの予感はあったんですがね」

予感ってなんだ、という心のなかでの問いかけは、口にこそ出さなかったが、目の表情で充分に真継に伝わった。

怖いほどの慈愛に満ちた笑みが、奏流に向けられた。

「天使のように可愛《かわい》らしかったですからね。これは将来が楽しみだな……と。ああ、さすがに小学生を相手に欲情はしませんでしたけどね」

「は、はぁ……」

奏流は身を縮め、戸惑いながら視線をさまよわせた。想像すると怖い話だ。無邪気に慕う子供を見て、この男は妙なことを考えていたのだ。もしも可能ならば、いますぐ当時の自分に、真継は危ないからと注意を喚起したいところだった。

「わたしにも、わたしなりの倫理観というものがありましてね。マイルールというやつです。未成年には手を出さない。でも、成人したら、なにもしてもいい……という」

「な……なに、それ」

「もちろん奏流さんの意思は尊重したいと思ってます。ですから、いやだというものを、無理矢理《むりやり》どうこうすることは考えていませんよ。いまのところは」

「いまのところ……?」

そこかしこに不穏な言葉が混じっていて、否応《いやおう》なしに不安を掻き立ててくる。だがゆったりと腰かける真継は優雅ですらあり、かえって深くは突っこめない。尋ねたら墓穴を掘りそうな気がしてならなかった。

「いま現在のお返事としては『無理』なわけですよね。あるいは『ない』と」

「う、うん」

ぎこちなく奏流は頷いた。真継にとっては数年越しのことでも、言われたほうにとっては突然のできごとなのだ。恋愛の対象として見ることはできない。

かといって別に嫌いになったわけではなく、むしろ好意はそのままだ。なかったことにしてくれ、というのが奏流の正直な気持ちだった。

「いいでしょう。では、今日のところはこのへんで」

「え、今日のとこ……って……」

「諦める気はまったくありませんので、そのつもりでいてください。気長に口説かせていただきます」

「ちょっ……」

「ああ、そういえば、プレゼントがまだでしたね」

奏流の戸惑いをよそに、真継はすっと立ちあがり、同じく二階にある自分の部屋に行くと、すぐに小さな箱を持って戻ってきた。白くて手のひらに載るサイズの箱にはリボンがかかっているが、そのリボンも見るからに高そうだ。

「あ……ありがと」

奏流はびくびくしながらも、その場でラッピングをほどいた。ふたりしかいないこの場面で、もらったプレゼントを開けないのは失礼だ。そういうふうに奏流は躾《しつ》けられている。

リボンを解いて包装紙を外すと、真っ白い小箱が出てきて、さらにそのなかには、グレイのベルベットの箱があった。どう考えてもジュエリーケースだ。

果たしてなかにはピアスが入っていた。薄いブルーの、透明な石のピアスだ。台座は銀色だが、見ただけではプラチナなのかホワイトゴールドなのかはわからない。

「ええっと……」

「天然のブルーダイヤです。シンプルでしょう？」

「いや、うん。あのさ……俺、穴開けてないんだけど……」

「知ってます。決心がついたときに開けて、それをしてください。リングにしようかと思ったんですが、わたしのために穴を開けるというのも、意味深でいいかと思いまして」

奏流は声もなく真継を見つめ、それから手にしたピアスに目を落とした。奏流を口説き落とすことが前提のプレゼントなのだ。

カチリと時計の針が音を立て、日付が変わった。

二十回目の誕生日が終わった瞬間だった。

「おはよう」

真継の声に、奏流はびくっと竦《すく》みあがった。盛大にあくびをしながら、重い足取りで自室からリビングへ下りた途端のことだった。

眠気が吹き飛び、真継がいるという事実をようやく思いだす。

「お……はよ」

彼が家にいることに、奏流はどうしてもまだ慣れないでいた。いないことが当然だったから、特に朝などはそれを失念しがちだ。

「寝ぼけてるんですか？」

自然にすっと伸びた指が、まつげの先を軽く拭《ぬぐ》うように動く。とっさに身を引こうとすると、腕をつかんで引きよせられ、寝癖のついた髪にくちづけられた。

あの夜からずっと真継は家にいる。連休のあいだはともかく、会社が始まればマンションに戻るかと思ったのに、変わらず家から出勤しているのだ。

真継が鷹宮家で暮らしていたのは、ほんの一年足らずだった。彼の母親が家政婦を始めたとき、彼はまだ高校三年だったから、それからの一年は一緒に住みこんでいたが、大学進学を機にひとり暮らしを始め、以来たまにしか泊まらなくなっていた。

なのにこうして真継は今朝もいる。毎朝こんなふうに顔をあわせるし、夜だってかなりの時間、一緒にいる。そして宣言した通りに奏流を口説いた。

（っていうか、これって口説いてるって言っていいのか？）

言葉を惜しまないのはいいとしよう。視線が熱を帯びていることも、本気だというならば仕方がないだろう。だが過剰なスキンシップはどうにかならないものか。当たり前のように抱きしめてきたり、頬に触れたり、ときにはキスをしたりするのは、口説くという範疇から大きく逸脱してはいないだろうか。

「まだ目が覚めないんですか？」

軽く唇にキスされ、奏流ははっとして離れようとした。だが腰にまわった腕は、ちょっとやそっとじゃ離れていかない。

「ちょっ……これってもう襲ってるようなもんじゃないのか？」

「この程度のキスなら挨拶《あいさつ》でもしますよ。舌は入れてないでしょう」

「あ、挨拶って、俺もあんたも日本人だよ。そんな習慣ないだろ」

「では、恋人候補の挨拶ということで」

しれっとした調子で言ってのけた真継は、ようやく奏流から離れていった。

いまごろになって顔が赤くなってくる。それを見られないようにしながらキッチンに入り、朝食のためにトーストを焼き、フリーズドライの野菜スープを湯で戻した。どうせコーヒーは外で飲むことになるから、朝はこれだけだ。

ちらりとメニューを見たものの、真継はなにも言わなかった。彼も朝は似たようなものらしいので、他人のことをとやかくは言わないようだ。

すでに出勤スタイルとなった真継は、どこからどう見ても隙《すき》というものがない。仕立てのいいスーツにセットされた髪、新聞を読む格好も実にさまになっていた。

八歳の開き以上に、自分たちには差があるように思えてならない。

（男前なのは知ってたけど……それだけじゃないんだよな）

造作が優れているのは当然として、真継には大人の男が持っている色気のようなものがあるのだと気づいてしまった。漠然とした印象だが、はっきりしているのは奏流には持ちえないものということだ。奏流が好きな手にしてもそうで、ただきれいなだけじゃなく、どことなく官能的に見えることもある。

硬質なイメージも確かにあるが、別の一面がちらちらと垣間《かいま》見えることに、ようやく気づいたのだった。

（真継って、なんかこう……エロい……。そう、それだ）

あの指で触れてくるのだから、落ち着かない気分になるのは当然だ。奏流がくすぐったがりだというのも理由もひとつだが、変なふうに触ってくる真継の責任のほうが大きいはずだ。おまけに耳もとで囁かれる声は甘く、腰にまでビリビリと響く。抱きしめられて初めて知ったのは、彼の腕が奏流をすっぽりと抱きしめられるほど長く、そして驚くほど力強いということだ。いや、手足が長いことは知っていたが、いままではそれだけだった。事実として頭が認識していたに過ぎず、自らの身体で知ると、また違う意識が芽生えるものらしい。

おまけに近くに寄られると、なぜかくらくらする。不快な気分ではなく、むしろ逆の感覚なのだ。

そう、一番の問題は、真継に翻弄《ほんろう》されて戸惑いつつも、けっしていやではないと思っていることだ。

告白されたときも、驚いて困惑こそしたが、嫌悪感は微塵も覚えなかった。奏流としては、いかに真継との関係を壊さずに断るかが問題だった。

(早く断らないと……でも、何年も溜めこんでたらしいし、そう簡単には……)

なんとか真継に、一日でも早く諦めてもらわないといけない。そうしないと、奏流のほうがおかしくなってしまいそうだ。

「では、先に行きます」

「あ……うん。行ってらっしゃい」

「奏流さんも気をつけて。ああ……今日から基本的にはマンションに戻りますから、いい子で留守番しているんですよ」

「そうなのか？　仕事の都合かなんか？」

「いえ。ただ、自宅に戻るだけですよ。あまり近くにいすぎるのも、これ以上はかえって逆効果のような気もしますしね」

なにやら駆け引きを匂《にお》わせることを言って、真継はあっさりと出勤していった。

「……なんだ、あれ……」

真継の言葉には納得できた部分もあった。彼が鷹宮家で暮らしたのは一年足らずだから、あの家では客という感覚しかなく、自宅マンションのほうが寛《くつろ》げるのだろう。いまは特に社長不在で仕事をしている状態だから、口に出さなくても気は張っているはずで、ゆっくりと休息が取れる環境も必要だ。

茫然と見送ったあと、奏流は眉間《みけん》に皺《しわ》を寄せながらいろいろと考え、時間に急《せ》かされるままに大学へ行った。

四十分ほど時間をかけて通っている大学は、音楽だけでなく美術や映像も学べるところで、見るからに変わった雰囲気の学生があちらこちらに見られる。まだ連休の名残が残っているのか、どこか浮ついた空気が漂っていた。

いつものように真面目に授業を受け、予定通りの一日を過ごした。音楽史や英語はともかく、ドイツ語は苦手で手こずってしまう。おそらく最初に苦手意識を持ってしまったのがいけないのだろうが。

誕生日にもらった時計を見てから、奏流は時間をつぶそうとして学食に入った。夕方近いということもあり、席はどこでも座れるような状態だった。

もともと洒落《しゃれ》た雰囲気など皆無なので、食事はともかくお茶をするのには向かない場所だ。大学の歴史同様に設備も古いままだから、カフェテリアではなく本当に食堂なのだ。入り口からして殺風景で、内装も素っ気なく、長いテーブルが何列も並んでいるだけ。当然女子学生には人気がないようだが、奏流はまったく気にしていなかった。

まったく口をつけていないコーヒーを前に、奏流は何度目かもわからない溜め息をついた。

(ほんとに、どうしよう……)

さっきまでは学生の本分を全うしようと意識して考えないようにしていたが、いま奏流の頭のなかを占めるのは真継のことしかなかった。

唐突な告白に動揺しているうちに、持久戦に持ちこまれた。二週間がたち、すでに奏流は音を上げつつあった。

八歳の年の差は大きい。真継から見れば奏流などきっとまだ子供で、いくらでも好きなように翻弄できる相手に違いない。思えばいままで、真継と二人だけでじっくり話したことはなかった。この何日かで、十年分以上は話しただろう。

見つめていた褐色の水面が、ふいに揺れた。

「おーい。どうしたの、鷹宮くん。たそがれちゃって」

向かいの席に座った女の子は、同じピアノ科の二回生・藤代奈津美《ふじしろなつみ》だった。大学でも評判の可愛い子で、華奢《きゃしゃ》な身体からは想像もできないダイナミックな演奏が持ち味だ。そのくせ見た目通りの繊細なタッチもお手のもので、どう足掻いても奏流が太刀打ちできない相手だった。

「珍しいね。藤代さんって、あんまりこっち来ないのに」

「そんなことないよ。あ、でも今日は鷹宮くんがいるって言うから来たんだけどね」

「俺に用事?」

「うん、まぁね。でもあとでいいの。で、鷹宮くんはどうしたの? なんかアンニュイだったじゃん」

「あー……いや、別に大したことじゃないし。コンクールの曲、どうしようかなーとか」

「あたしは決めたよ」

「なに？」

「内緒。だってライバルだもん」

冗談めかして笑う奈津美に、奏流もつられて笑った。

実際のところ、奏流では奈津美のライバルにならない。そう思ってしまうところが一番よくないと言われるのだが、これが奏流という人間の性格なのだ。

奈津美にそれを言う気はなかった。口にしようものなら、きっと怒られる。

「それで、用事って？」

「あ……うん。ちょっと頼みがあるんだけど……いい？」

「とりあえず聞くけど、ＯＫするかどうかは内容聞いてからね」

「うん。あのさ、鷹宮くんって彼女いる？　いるなら、この話はおしまいね」

「いない……けど」

ふいに問われて、どぎまぎした。去年の末くらいに、彼女が恋人と別れたという噂《うわさ》が駆けめぐっていた。確かに今年に入ってから、一緒にいる姿を見なくなった。映像を学んでいる男で、やたらと目立つ大男だったはずだ。

彼女はさほど気合の入ったメイクをしていなくても、テレビに出ているアイドル以上に可愛い。肩《けん》胛骨《こうこつ》あたりまで伸ばした髪は品のいい栗色《くり》で、いつ見ても艶々《つやつや》していて、地味でもなく派手でもない、実に好感度の高いものを身に着けている。小作りだがスタイルもいい。

そんな彼女からの質問に、健康な二十歳の男子として、平然としていられるわけがなかった。奏流は普通に女の子を恋愛対象にしてきたのだ。

「あのね、しばらく彼氏のフリしてくれないかなぁ？　鷹宮くんが適任だと思うんだよね。あ、それを口実にして近づいてるわけじゃないから心配しないで。疚《やま》しい気持ちはないです。あたしの好みは、がっしりしたワイルド系だから」

「は……はぁ……」

「ちょっと困ってるの。前の彼と別れてから、いろいろうるさくて……いま、全然そんな気ないんだけどね」

「ああ……」

贅沢《ぜいたく》な悩みだと思ったが、奈津美ならば無理もない。一日に一回は、彼女の名前を男子学生の口から聞くほどだ。こんな子が彼女だったらさぞかし自慢だろう。頻繁に告白されたり誘われたりしているのだろうし、実際に奏流はその現場を目撃したことがあった。

「大変だね」

「それはお互いさまでしょ？　鷹宮くん、すごいもてるもんね」

「いや、全然」

「嘘、なんで？　だってピアノ科の王子さまって言ったら、超有名だよ。今日は見たとかまだ見てないとかで、よく盛り上がってるし」

見るとなにかいいことでもあるのかよ、と心のなかで呟《つぶや》いてしまった。まるで珍獣扱いだ。よくてせいぜいマスコットだろう。

「それネタだよ。別に憧《あこが》れてるとかいうんじゃないから」

「えー、そうかなぁ。あーでも高嶺《たかね》の花だから、突撃できないのかもね。鷹宮くんと並ぶと、見劣りする恐怖があるもん。まぁだから頼んだんだけどね。王子さまが彼氏だったら、すごい牽制《けんせい》になるでしょ？」

「なに言ってるんだよ」

「だって鷹宮くんって、確実にあたしより美人だもん。スッピンでそれってなに？　メイクしたらどうなっちゃうの？」

「知らないって」

押され気味で言葉を返しながら、奏流は妙に納得していた。いままで彼女とこんなに話したことはなかったが、感じるパワーは演奏にも通じるものがあって、あらためて不思議に思った。身体は小さいのに、どうしてこんなにパワフルなのだろう。

奏流は勢いのある人間にはなにかと振りまわされがちだ。気概に欠けるのかもしれない。

だがそういったタイプは嫌いではなかった。そして奈津美の愛くるしい顔を見ているうちに、ふと思いついたことがあった。

　可愛い女の子と一緒にいたら、いま抱えている気の迷いも断てるのではないだろうか。奏流は対象外だと言われたが、重要なのは女の子と親しくすることだ。

「わかった。いいよ」

「ほんとっ？　いいの？」

「うん」

「ありがと！　じゃ、いまからあたしたち偽装カップルね。あたしのことは名前で呼んでくれていいから」

「あ、じゃあ俺も……」

「えーと、奏……ごめん、なんだっけ」

「奏流」

　思わず苦笑がこぼれた。本当に奏流にはあまり興味がないらしいが、友達として付きあうのもおもしろそうな子だ。

「奏流くんってギスギスしてないし、普通っぽいよね。前から思ってたけど」

　言わんとしていることは、よくわかった。ここの学生にはよくも悪くも変わった人間が多いし、まわりはすべて敵――ライバルとして見ている者も珍しくない。確かに奏流のようなタイプは普通だと言われても仕方がないだろう。

「競争心には欠けるかもね。一応、向上心はあるつもりなんだけど」

「うん、知ってる。いろいろ滲《にじ》み出てる気がするもん。ドロドロした感情とか、パッショネイトなのとか、無縁って感じがするし。あたしは付きあいやすいな」

「藤……奈津美さんも、違う方向でちょっと変わってるよね」

「普通だよ。それ言ったら奏流くんだって変わってるし。あたし、温室育ちの男の子なんて初めて見たよ」

「お坊ちゃんってこと？」

「それもあるけど、ちょっと違う。お坊ちゃんは結構いるでしょ。なんていうか……植物的な感じなの。草食はよく聞くけど、奏流くんは植物。生々しくないんだよね、いろいろ」

「いろいろ……」

乾いた笑いがもれそうになった。男扱いされていないのは気づいていたが、はっきり言葉で突きつけられてしまった。

じいっと見つめる奈津美は、まだなにか言いたそうだったが、そこには躊躇《ちゅうちょ》のようなものが見えていた。ずばずばと言いたいことを言っていたように思えたが、急になんだろうか。

「なに？」

促すと、奈津美は妙に歯切れ悪く言った。

「んー……あたしの偽装彼氏さまに質問があるんだけど、いいかなぁ。ちょっとデリケートな質問なんだけど」

「デリケート？」

「うん。セクシュアリティに関することっていうかね」

あまりよくない気配がしたが、ここで拒否するのもかえっておかしい。それにいま現在、奏流には疚しいことなどなにもないのだ。真継に口説かれたりキスされたりはしているが、それは向こうが勝手にやっていることだ。

「怖いな。なに？」

「直球で訊《き》くね。鷹宮くんってゲイ？」

「ちょっ……ええ？　本当に直球だな。なにその質問」

「だって、奏流くんって恋愛絡みの噂ゼロなんだもん。女からの注目度も高いけど、男からも話を聞くし」

「え？」

「元カレの友達……っていうか、映像やってる子でね、カミングアウトしてるのがいたんだけど、学内で一番興味あるのは奏流くんだって言ってたよ」

「知らないよ、そんなの……」

奏流は溜め息まじりに返しつつも、内心は冷や冷やしていた。知らない人間が自分のことをどう言おうと実感は湧《わ》かないし、どうでもいいことだ。だが同性絡みの恋愛は、いまの奏流にとって微妙な話題だった。

「女の子見る目も、冷めてるんだよね」

「そんなことないよ。女の子は可愛いなって思ってるし、奈津美さんのことだっていいなって、前から思ってたよ」

「いいなーくらいだったら、あたしだって思うよ。あの子可愛いなーとか突っつきたいなーとか、普通に。なんかねぇ、奏流くんのはその程度って気がする。だってあたしとエッチしたいとか思ってないでしょ？　あたしをネタにしてー……とか」

「な……」

奏流は目を瞠り、啞然として奈津美を見つめた。確かにその通りだったが、問題はそこではない。奈津美のような若い女性の口から、その手の言葉が出てきたことがショックだった。

「女の子がそんなこと言うなよ」

「わ、いまどきそれ言うっ？　えーすごい、やっぱり奏流くんって違う。女に夢見すぎてるってわけじゃないよね？　自分でも言うのだめ？」

「……あんまり得意じゃない」

「うわぁ、なんか予想以上。このままにして保存したい」

やはり珍獣扱いじゃないかと、そろそろ奏流も臍《へそ》を曲げ始めた。このテンションに付きあっていけるのかという不安も覚えた。

だが奈津美は機微に聡《さと》いらしい。

「この手の話は、なしにしよっか。いろいろ突っこみたいことはあったんだけど、嫌われるのやだし。いい友達になれるようにするね」

結局うやむやのうちに話は終わった。奏流は質問に答えないままだったから、奈津美がどう判断したのかは不明だが、わざわざ確認する気はなかった。どう思われようと、彼女がそれを第三者に言うことはないと思ったからだ。

「今日ってこれから時間ある？」

「バイトの面接なんだ」

「奏流くんもバイトなんかするんだ。なんのバイト？」

「バーのピアノ弾き」

「それって、ちゃんとしたとこ？　大丈夫？」

「大丈夫だよ」

本気で心配しているらしい奈津美は、彼女というよりは保護者のようだ。奏流のことを、世間知らずで頼りない人間だと思っているらしい。

面接先の店は、奏流があちこちに聞いて、なんとか見つけたところだ。正確には見つけてもらったというのが正しい。真継に知られれば阻止される可能性があるので、高校の友達や先輩、かつて教えてもらったピアノ講師などと、連休中からひそかに連絡を取り、ひとつだけ面接まで漕ぎ着けた店だった。

「昔習ってた先生の知りあいがやってるんだって」

「ふぅん。ね、一緒に行っていい？　あ、バイトは取ったりしないから大丈夫。純粋な興味で、ちょっと見たいだけ」

「いいけど……」

保護者がついていったら、なにごとかと思われるだろうが、とりあえず「彼女」ならば言い訳も立つだろう。

「偽装デートにもなるしね」

「あ、そっか」

学外でも一緒にいるという形も必要になってくるわけだ。実際に行動をともにしなくても話は作れるが、本当のことならば齟齬《そご》も出なくてすむ。

納得し、奏流は奈津美を伴ってアルバイトの面接へ向かった。

大学と自宅の途中に位置する界隈《かいわい》で、周囲には大使館や老舗《しにせ》のホテルがあった。繁華街から少し外れてはいるが、ほどほどのにぎわいがあり、かつ煩雑な印象はない。

店は古いビルの三階だ。まだ営業はしていないが、準備をしているので、鍵《かぎ》は開けておくと言われていた。

年代もののビルかと思いきや、エレベーターはかなり新しい。ひとりならば階段を使ったが、奈津美がいるのでエレベーターに乗った。下りるとそこは階段の踊り場を兼ねたフロアで、目の前にはドアがひとつきりあった。ワンフロアにテナントはひとつという小さなビルなのだ。

　ドアはいぶしたチャコールグレイで、シンプルな金属プレートに〈musique《ムジーク》〉という文字が掘ってある。

「ふーん、なるほど。なかが見えないのって、ちょっとドキドキするね」

「うん」

　ドアを開けると、ドアと同じような色合いで統一された空間が広がっていた。照明はそう強くないが、薄暗いというほどでもない。先日、真継に連れていってもらった店よりも広く、席数も倍とまではいかないがそれなりに多かった。

　床をモップで拭《ふ》いていた若い男が、気づいて奏流を振り返った。

「こんにちは。面接に伺った鷹宮です。よろしくお願いします」

「初めまして。こちらこそよろしく。いま、マスターを呼んでくるから、待ってて」

「あ、はい。あの、付き添いというか……連れがいるんですが、隅で待たせていてもいいでしょうか」

　ちらりと視線を後ろへ投げると、まだ店に立ちいっていなかった奈津美は、ぺこりと頭を下げた。いかにもおとなしく可愛い彼女、といった感じだった。

　青年はわずかに表情を和らげた。

「どうぞ。じゃ、ふたりでそちらへ」

テーブル席を勧め、青年は奥へと姿を消した。すぐに三十代なかばから後半といった感じの男が出てきて、奏流と奈津美を見ると相好を崩した。男は背が高くてがっしりとして、よく日に焼けていた。肘《ひじ》の近くまでまくった黒いシャツが、肌の色に負けずによく映えている。野性味あふれる男だと思った。

さっきの青年は、もとのようにモップで床を拭き始めていた。

男は奏流たちとはテーブルを挟んで向かいに座り、にこりと人好きのする笑みを浮かべた。

「オーナーの保科《ほしな》だ。よろしく」

「鷹宮奏流です。よろしくお願いします。あの、付き添いがいてすみません」

頭を下げてから、奏流はとりあえず持ってきた履歴書を出した。持ってこいとは言われていないが、念のためだった。

「ずいぶん可愛いカップルだな。なんか、ままごとみたいだけど」

不躾《ぶしつけ》なもの言いに驚いた。不思議と腹は立たなかったが、この手のタイプはいままで周囲にいなかったので、戸惑ってしまう。

「マスター。いくらなんでも、それは失礼だろ?」

「ああ……いや、別に悪気はなかったんだよ。ごめんな」

「はぁ」

「彼女も悪かったな。こんなだけど、怖くはねぇから、安心して彼氏任せな」

「は、はい」

物怖《ものお》じしないと思われた奈津美が、少し上ずった声で返事をした。保科に気圧《けお》されたのか、いつの間にか彼女まで緊張状態になっていた。

「お、ずいぶんいいとこに住んでるな。まぁ、いいや。まずはちょっと弾いてもらおうかな。なんでもいいよ。おい、和久井《わくい》」

「はい」

呼ばれた青年が、奏流をピアノまで連れていった。少し奥まったところにあるのはグランドピアノで、そこに座ると入り口からカウンター席の半分くらいは見えなくなってしまう。

和久井というらしい青年は、奏流から少し離れたところに立ち、じっと手もとを見た。

気持ちを落ち着かせてリストを弾いた。ここへ来るまでのあいだに、奈津美と相談して決めた曲だ。酒を提供する店だから、静かな曲がいいだろうということになったのだ。コンクールでも演奏会でもないので、かなり気は楽だった。

ピアノの状態も悪くない。いまは弾く者がいないということだが、調律はちゃんと行われていたようだ。

短めに弾いて顔を上げると、和久井がにこりと笑った。

「タッチが柔らかいんだな」

「あ……ありがとうございます」

立ちあがり、あらためて和久井を前にすると、彼は奏流より頭半分以上は高いことがわかった。だいたい真継と同じくらいだろうか。おそらく歳は真継よりも若いだろうが、奏流よりは確実にいくつか上だ。目尻《めじり》が少し下がり気味だが、その造作自体はかなり整っていて、いまどきの青年といった雰囲気だ。

「なるほど……」

頭を下げてから保科のほうを見ると、笑いながら指で丸を作っているのが見えた。

「決まり。見た目も文句ねぇしな。うちは、顔のいいやつしか取らないんだよ」

思わずといったように奈津美は呟いた。

「女だろうが男だろうが、しょっちゅう顔つきあわせるなら、きれいなほうがいいからな。客は金を落としてくれるから別にいいけど、従業員は俺が金をやるわけだし」

すごい理屈だ。呆れるべきか感心するべきか迷うところだった。ようするに、気に入らない相手には給料を払いたくないのだろう。

「いつから入れる？　月曜から木曜なんだっけ？」

「はい。すみません、週末はちょっと動けなくて、週明けからでいいですか？」

「ああ、別にいい。金曜日の夜なんかに生演奏やったら、客が帰らなくなりそうだからな」

とても経営者とも思えないことを口走った保科に、奏流は疑問をぶつけた。

「ひとつ訊いてもいいですか。ピアノって、マスターの趣味なんですか？」

「前のオーナーの趣味。居抜きでここ買ったんだよ。で、せっかくピアノがあるからと思ってさ。好きなのは、むしろあいつだな。普段からクラシックばっか聴いてるらしいぞ」

保科が顎をしゃくった先には和久井がいて、少し照れたような顔をした。

「好きなだけで、楽器はなにもできないけどね」

「俺よりはずっとマシだ。俺なんか、著作権の問題でジャズが厳しいから、消去法でクラシックって言ってるだけだからな」

「確かにクラシックはほとんど切れてますけど……ちゃんとしてるんですね。こういうとこも、著作権料が発生するんですか？」

「判例があるんで、一応警戒しねぇとな。あ、もしオリジナル曲とかあったら、それ弾いてもいいからな」

なるほどと奏流は頷いた。そこまで考えた経営をしているのなら、きっとほかの部分でもちゃんとしているだろう。

あっさり採用が決まり、どのタイミングで帰ったらいいのかを考えていると、保科がカウンター内に入った和久井を見やった。

「なにか作ってやれ」

「はい。あ、じゃあこっちへどうぞ」

バーテンダーらしい和久井に呼ばれ、戸惑いつつも奏流はカウンターへ移動した。奈津美は喜々としてスツールに座ると、やはりカウンター内に入った保科を目で追っていた。

「彼女は飲める？」

「はい。はっきり言ってザルです」

「えっ」

思わず奏流は奈津美を見た。また意外な事実を知ってしまった。ひとは見かけによらないとは、よく言ったものだ。

「なんだ、知らなかったのか？」

「あ、いや……その、付きあい始めたばかりだから……」

「ふーん……？」

保科は探るような目で奏流と奈津美を交互に見て、やがてふっと笑みをもらした。そうしてなぜか、視線を和久井に向けた。

「こりゃ違うぞ。カップルじゃなさそうだ」

「えー、なんでわかったんですか？」

あっさりと認めた奈津美に、奏流は面食らう。もっとも偽装は主に学内でのことなので、まったく関係のないこの場所では、恋人の振りをする意味はないのだろうが。

「雰囲気とか、目だな」

「すごい」

しきりに感心し、彼女は問われるままに事情を説明した。その上で、どうしたら周囲を騙《だま》せるかという話を、四人でさんざん繰り広げた。

思いがけず楽しい時間は、最初の客がやって来るまで続いた。

月曜日から木曜日までしかアルバイトができない理由は、真継に隠しておくためだった。金曜日の夜になれば、多少時間が遅くなろうとも真継は鷹宮家に帰ってくるし、日によってはその時間が早いこともありうるからだ。

アルバイトはもちろん、奈津美のことは真継には内緒にした。いろいろと考えて、黙っていたほうが面倒《めんどう》がないだろうと判断したからだ。

「奏流さん。よかったら送りますよ。近くに用事があるんです」

「そうなんだ。あー、うん。じゃ、乗せてってもらおうかな」

真継は金曜日の夜から今朝まで、この家に滞在した。そのあいだの言動は相変わらずで、恥ずかしい言葉を繰りかえし、当然のように何度も抱きしめ、キスをした。唇だけでなく、耳やうなじや指先にもだ。

いちいち驚かなくなった自分が怖い。なんにでも慣れはあるのだと思い知った。

奏流は真継についてガレージへ行き、真継の車に乗りこんだ。もう一台あるのは父親のものだが、これも定期的に真継が動かすことになっている。週末ごとに帰ってくるのは、そういった意味もあるのだ。

「最近よく、真継の車に乗るなぁ……」

いままでほとんど機会がなかったのに、この一ヵ月強で五回は乗っている。助手席のドアを開けようとすると、それより早く真継がドアを開けた。

まるでエスコートされているようだ。彼にとって自分がそういう相手なのだということを、あらためて突きつけられた気がした。

「真継って……俺を女扱いしたいのか？」

「これには大した意味はないですよ。それに、あなたを女性の代わりにしようと思ったこともないですしね」

「でも、抱く……とか言ってたし、それって女扱いじゃないのか？」

「セックスに関しては、確かに女性的な立場をお願いすることになりますが、それは嗜好《しこう》の問題です。わたしは抱く側がいいので」

「もし俺もそっちがいいって言った場合はどうするんだ？」

「おや、もう落ちてくださるんですか」

「たとえばの話だよ。誰もあんたとするなんて言ってない」

　ぷいっと横を向き、そのまま助手席に乗りこんでしまうと、真継は追うようにして身をかがめ、奏流と向かいあうような形でシートの空いた部分に腰かけた。もちろん長ったらしい脚は車外に出たままだ。

「仮の話に付きあいますよ。奏流さんは、男を抱けるんですか？」

「っ……そ、それは……わからないけどさ」

「わたしを抱けますか？　抱きたいかではなく、可否で」

「………」

　まっすぐに見つめられて、逃げるように逸《そ》らした視線は、行き場もなくさまよって、結局は手もとに落ちた。

　自分が真継を——。ほんの少し考えただけでも、ありえないと思ってしまった。そもそも深く考えることを頭が拒否していた。

「ごめん。無理」

「でしょうね」

「男もないって思うけど、あんたをってのがもう絶対無理。っていうか、想像できないよ。したくないし」

　できればどちらのパターンも想像したくないというのが本音だった。それを言うならば、そもそも奏流は女性相手にもほとんどしたことがない。なんだか申し訳ない気持ちになってしまって、意図的にやめてしまうからだ。

「だからって、されたいわけじゃないし」

「つまりセックスに関してはフラットな状態ということですよね」

「え、あ……そう……なのかな」

「だったら、すでに確定しているほうにあわせてくださいますよね？」

「う……うん？」

話の流れに納得できないものを覚え、奏流は頷くことをためらった。だがそこを追及する前に、真継はがらりと声の調子を変えてしまう。

「話が逸れましたが、とにかくあなたを女扱いしているわけじゃありませんから。すべては嗜好の結果です」

「いまいち納得……ちょっ……」

膝《ひざ》の上に落としていた手を握られて、とっさに奏流は顔を上げた。驚くほど間近に真継の顔があって、逃げるようにして後ろに身を引いたものの、シートに阻まれてすぐに捕まってしまう。

唇が重なり、いつものように角度を変えて触れられた。

最後に下唇を舐められ、ざわりと肌が粟立《あわだ》つのがわかる。気持ち悪いわけじゃなかった。もっと違う感覚に思えたが、それがなにかを考えることは放棄した。

「そろそろ出ないと遅刻しそうですすね」

真継は奏流のシートベルトをはめると、すっと離れてドアを閉めた。

出発はそれからすぐだった。道をよく知っている真継は、朝の混雑にも巻きこまれることなく、あっという間に大学の近くまでやってきた。

「あ……あのさ、次に来るのって金曜だろ？」

「そうですが……なにか？」

「なんでもないよ。ちょっと確認しただけ。あ、止めて。ここから歩いてくよ。ありがとう、行ってきます」

駅の近くまで差しかかったところで、奏流は慌てて車を降りた。もともと少し離れたところで下ろしてもらうつもりだったが、逃げるような態度は真継に不審を抱かせたかもしれない。

つい余計なことを言ってしまった。疚しいことがあると、言わなくてもいいことを言ってしまうものらしい。

車を見送り、それが角を曲がって見えなくなると、大きな溜め息がこぼれた。

「見ぃちゃった」

「っ……」

聞き覚えのある声に振り返ると、そこには奈津美の姿があった。

「おうちのひと？」

「あー、うん。兄」

「え、お兄さんいるの？」

「父親の再婚相手の連れ子なんだけどね。なんか、連れ子っていうと違和感あるな。俺より八歳上だからさ」

並んで歩きだしてまもなく、大学の敷地に入った。奈津美と一緒にいると、普段よりも視線を浴びてしまう。さすがの注目度だ。

「格好良さそうなひとだったね。顔はよくわかんなかったけど、なんとなく」

「なんとなく格好いいって、なに」

「あるじゃない、よさげな雰囲気って。ねぇ、それより今日からバイトだよね」

急に奈津美のトーンが変わった。朝から目がキラキラしていて、心なしか可愛らしさも増しているように見える。

「あ、ああ……そうだけど」

「あたしもお客さんとして行くから、一緒に行こうよ」

「え？　客？　酒飲みに行くのか？」

「違う。マスターに会いに行くの」

「……え？」

奈津美は立ち止まり、胸の前で手を組んだ。祈るとき以外で、実際にそんなポーズを取るひとを見るのは初めてだが、不思議と違和感はなかった。

次の言葉が奏流にはわかる気がした。

「あのね、マスターが好きなの」

「……ああ……」

そうだろうなと奏流は頷く。この態度はわかりやすい。思えば面接のときから、奈津美の態度は変だった。奏流に対してはけっして見せない部分が出てきていたのだ。

「マスター、若いよね。あれで四十だって」

「あれ……ちょっと待った。なんでマスターの年なんか知ってるんだよ？　このあいだは、そんな話出なかっただろ？」

「うん。実はね、金曜日ひとりで行ってきちゃった」

「ええっ」

「あ、お店の雰囲気はすっごいよかったよ。あたしひとりでも安心安全」

「勇気あるな……」

二十歳の女の子がひとりで行くような店ではないはずだが、そこは恋心が燃料になったようだ。店のひとたちに一度会っているというのも、背中を強く押したに違いない。

「でも……年が倍違うだろ？」

「関係ないよ、そんなの」

奈津美はふんと鼻で笑い飛ばした。

「そうか、関係ないのか……」

奏流は真継との八つ差ですら気にしていたのに、同じ年の女の子は、二十歳の差を関係ないと言いきった。力強さが眩《まぶ》しいと素直に思う。

「奥さんいないの確認したし、ゲイでもないって言ってた。バイかもしれないけど、女がありなら問題なし」

「あんまり入れこむと、いろいろ差しさわりが……」

「大丈夫。ちゃんとやることはやるし、うちって門限あるから、店にもあんまり遅くまでいられないし。だから、長期計画で行くの。協力してね」

「う、うん」

勢いに押されるままに頷いてから、奏流はいいのかなぁと溜め息をついた。おまけに長期計画という言葉で、どこかの誰かを思いだしてしまった。別れ際のことが脳裏を掠《かす》めて、奏流の気分はすっかり重くなった。


開店の前の〈ｍｕｓｉｑｕｅ〉は、奏流にとってかなり居心地のいい空間だ。

軽く練習をしているあいだ、一緒に来た奈津美は保科や和久井の手伝いをし、ときどき奏流をからかいにやってくる。営業時間外の店にいる以上は、なにか手伝わないと悪い、というのが彼女の言い分だが、本音はただ保科といたいだけだ。彼女は好意を隠そうとしないが、保科はいまのところ上手にかわしている。だてに経験は積んでいない。

「がんばるな、彼女」

掃除を終えてやってきた和久井は、カウンター越しに保科と話している奈津美を見て、微笑ましげに眼を細めた。

「長期戦だって言ってましたよ」

「親子ほど年の差があるのに、すごいよ」

「年は関係ないそうです」

「見た感じは、どう考えても鷹宮くんのほうがお似合いなんだけどな。そういえば、偽装カップルは成功してんの？」

「してますよ。完璧《かんぺき》です」

なるべくランチを一緒に取り、毎日のように一緒に帰っているものだから、彼らはすっかり付きあっているものとして認識されている。奈津美の思惑通り、周辺は格段に静かになったようだ。その分、奏流は男どものやっかみと敵意の視線を浴びたりもするのだが、深刻なものではないので害はない。

奈津美が言った通り、奏流ならば仕方ないという声が多いようだ。

「今日はほかになに弾くの」

和久井は奏流が用意した楽譜を覗《のぞ》きこみ、曲名を確かめていく。

今日はアルバイトを始めて三週目の木曜日だが、いまのところ自主的に二度以上弾いた曲はない。リクエストがあれば応じているので、頼まれればその限りではないが。

やがて和久井は嬉《うれ》しそうな笑みを浮かべた。

「やった、サティだ」

「好きだって聞いたんで……」

「うん、嬉しい。ありがとな。曲が好きってのもあるんだけどさ、鷹宮くんのピアノで聞いてみたいってのもあるんだよ。君のピアノ、ものすごく俺好みだからさ」

「うまいなぁ、和久井さん」

嬉しいけれども面映ゆく、どうしたらいいのかわからない。真継も奏流のピアノが好きだと言ってくれるが、そう機会が多いわけではないし、彼の言う好きは、子供をとりあえず褒めるのと大差ない気がする。少なくとも真継は好んでクラシックを聴くタイプではない。

和久井は必ずなにか言ってくれるのだ。開店前のこういう機会だったり、客がいるときの、ふとしたタイミングだったり、日によって違うが、いつも奏流にとって嬉しい言葉をくれる。

（でも真継にも好きな曲はあるんだよな。そういえば……）

奏流はちらりと楽譜を見やった。偶然というほどのことではないが、真継もサティが好きなはずだ。

「あれ、これは知らないな。〈ＭＡＹ〉って、これもしかして、オリジナル？」

「あ……はい。試しに一曲だけ」

そう多くはないが、奏流にも何曲か自分で作った曲がある。タイトルに深い意味はない。五月をテーマにしたわけでもない。たまたまそのとき手もとに十一曲あったので、イメージで割り振って月に当てはめたに過ぎなかった。本当はもう一曲、ちゃんと最初から十二月をテーマにして作るつもりでいたのだが、どうしても出てこなくて、いまだに〈DECEMBER〉はない。

「それも楽しみだな。鷹宮くん、かなり評判いいんだぞ。このあいだの金曜日に来たお客さんなんか、今日はピアノないのって、がっかりしてたよ」

「本当ですか？　だったら嬉しいな」

直接客が声をかけてくれたときも嬉しかったが、知らないところで惜しんでくれているという話も相当嬉しい。客によっては演奏など聴いていない場合もあるが、それは仕方のないことだと割りきっている。たとえ数人でも楽しみにしてくれるというならば、これからの励みになるというものだ。

「客が増えたって、マスターも喜んでるよ」

「それは奈津美さんのおかげでしょ」

「まぁ、それもあるだろうけどな」

すっかり常連となった奈津美を目当てに、何人かが通って来ているのを知っている。だが彼女が保科に夢中なのは誰の目にも明らかだから、なかなか声をかけられずにいるようだった。

「奈津美さんは、一度もピアノ弾いてないいんですか？」

「ああ。自分は客だからって」

「俺よりうまいんだけどな。和久井さんだって、聴いたらびっくりしますよ」

「うーん……まぁ、そうかもしれないけど、俺は鷹宮くんのピアノで満足してるからな。俺なんかはド素人だからさ、難しいことはわかんないんだよ。だから好きかどうかがすべて。というわけで、今日も楽しみにしてるから」

和久井は奏流の肩をぽんと叩き、カウンターへ行ってしまった。

いいひとだなと思う。いろいろと気を使ってくれるし、目配《めくば》りも細やかで、なにかあればすぐフォローをしてくれる。客に酒を勧められたときも、助けてくれたのは和久井だった。奏流が酒を飲まずにすみ、かつ客にも不愉快な思いをさせない言いかたで、場をきれいに収めてくれたのだ。

(かなりもてそうだよな、和久井さんって。見た目もあれだし)

清潔感があるし、整いすぎていないところがまた取っつきやすくてよさそうだ。おそらく真継は、隙がなさ過ぎて相手が二の足を踏むタイプだ。恋人にするならば、和久井のほうがいいと言う女性は多いのではないだろうか。

実際に彼目当ての女性客もかなりいるらしいから、マスターの人事に関しての方針は、見事に当たっていると言えた。

「鷹宮。気がすんだらこっち来て、軽く食っとけ」

保科に呼ばれてカウンターで軽食を取り、開店までいつものように他愛もない話をした。保科の話はだいたい恋愛やセックスのことだが、それでも本人曰《いわ》く、かなり憚《はばか》っているらしい。若い女の子への配慮という意味もあるし、奏流がその手の話を苦手としていることを知ったからだ。

「こいつはな、いかにも人畜無害って顔して、実はハンターなんだぞ」

「やめてくださいよ。それだと俺がすごくタチ悪いみたいじゃないですか」

和久井は本気で焦って、しきりに違うと繰りかえした。そんな彼を見て、保科は意味ありげににやにやと笑うばかりだ。

話についていくのは奈津美だけだった。

「ハンターって、ばーんて撃つタイプなんですか？　それとも罠《わな》しかけるタイプ？」

「罠だな。獲物が近寄ってきたところで、ぱくっ……だ」

「獲物とか言わないでくださいよ。俺は普通に、好きだなって思った子と親しくなって、いけるなと思ったら告白して、付きあうだけですよ。どっこもおかしくないっすよね。むしろ堅実じゃないっすか。ね？」

急に同意を求められ、とっさに奏流は頷いた。ほとんど反射的なものだったが、確かに和久井が言っていることはもっともだと思った。少なくとも、了承も得られないうちに、キスしたりあちこち触ったりするよりは遥《はる》かにまともだ。いや、比べることすら間違いだ。

「堅実か？　いけるって思わなきゃ言わないってのは、臆病《おくびょう》者だろ？」

「デリケートなんですよ、俺は。断られたらどうしようとか、いまの関係が壊れたらどうしようって、いろいろ考えちゃうんですって」

「それを乗り越えてアクション起こすくらいの気概がねぇとなぁ。手堅くて確実な恋愛なんかしてんじゃねぇよ」

「恋の大冒険はしたくないんですって」

二人が恋愛観の違いを論じているのを聞きながら、奏流の意識はここにはいない男へと向かっていた。おそらく真継の姿勢は、保科の意見に近いのだろう。なにしろ友人関係どころか、兄弟同然の関係が壊れる可能性もあったのだから。それを承知で行動を起こした彼を保科が知ったら、感心して褒めるかもしれない。

(真継は気概ありまくりだよな……)

だが奏流はむしろ和久井に近い考えの持ち主だ。冒険はできない。

「奈津美ちゃんはどっちなんだ?」

「あたしは中間かな。手堅く冒険の旅に出ます」

「だってよ。鷹宮、おまえも少しは見習えよ」

いきなり矛先を向けられて、奏流は驚きつつも言い返す。

「なんでそこで俺なんですか?」

「おまえって、迎えに来てもらってもなかなかドアを開けないタイプだろ。で、そのうちこじ開けられちまうんだよ」

「それって、エッチな意味ですか？　それとも精神的？」

食いついた奈津美に、保科はしたり顔で頷いた。

「両方」

「わ、大変だー」

棒読みで「大変」などと言われても、溜め息しか出ない。そして保科の見解は、奏流にとって笑えないものだった。可能性として否定できないからだ。

「気がついたら処女喪失ーなんてことにならないようにな」

女の子の前でなんてことを……と思いかけ、奏流は保科の視線が自分に向けられていることに気がついた。

「お、俺……？　いまのって俺に言ったんですか？」

奏流は素《す》っ頓狂《とんきょう》な声を上げ、こぼれ落ちんばかりに目を見開いた。

「そうだよ」

「な……なんで……」

「まだ男に掘られたことはねぇんだろ？」

「あるわけないじゃないですか……！」

声をひっくり返しながら叫んだ。

いまのところは、声を大にしてそう言える。相変わらずの過剰なスキンシップは続いているが、まだ洒落ですむ範囲だからだ。

「そうか。運がよかったな」

「どういう意味ですか、それ」

「いままでよく無事だったなーと思ってさ。一応、忠告しといてやるわ。うちに来てる連中のなかに、おまえをやりたがってるやつがいるから。確実に三人はいるな」

「まさか」

顔が引きつりそうになっている。具体的な数を突きつけられたから、余計に生々しく感じられ、視線が泳いでしまう。

「そうだよな？　和久井」

「……まぁ、そうですね」

意味ありげに同意を求められた和久井は、わずかにためらったあと、溜め息まじりに頷いた。その表情には少しばかり苦しいものが混じっていた。

「というわけだ。気をつけろよ。よし、そろそろだな」

ひとのことを動揺させるだけさせておいて、保科はさっさと開店のために入り口を開けに行ってしまった。

奈津美はなにを考えているのか、黙って奏流と和久井を見ている。こういうときに労《いたわ》りの言葉をくれるはずの和久井さえ、いまは困ったような顔をしていた。

「さっきの話、嘘じゃないんですか？」

「うん。でも実際に、いきなり襲うとか、そういうのはないと思うからさ。もしかしたら、そのうち口説かれるかもってくらいに思っとけばいいんじゃないか」

「はぁ」

しばらくカウンターで考えこんでいた奏流だったが、客がやってきたので、軽く挨拶をしてピアノの前へ移動した。

曲は静かな曲を弾き始めた。まだ客が少ないので、それなりの小さめの音を心がけた。聞こえなくては意味がないし、大きすぎればじゃまになることを、この数週間で学んだからだ。

演奏のあいだは余計なことを考えずにすんだ。しんと静まりかえっていないところが、奏流には心地いい。演奏会やコンクールだとこうはいかない。この性格が、演奏家に向いていない一因でもあるのだろう。もちろん実力不足が最たる原因だが、それだって死にものぐるいの努力をしていたら、もう少し違っていたかもしれない。

手すさびで作ったオリジナル曲を披露し、少し休むためにカウンターに戻った。ずっと弾き続けるわけではないのだ。

「最後のあれが〈ＭＡＹ〉？」

「あ、はい」

「可愛い曲だったな。なんかこう、小動物がそこらで遊んでるみたいな感じ」

「ありがとうございます。タイトルは後付なんですけどね。適当に一月からタイトルを割り振っていったんです」

「へぇ、そうなんだ」

「あたしも初めて聴いたー。ねぇねぇ、今度楽譜持ってくるから、あたしが作ったのも弾いてみて。ここにあいそうなの、あるんだ」

　隣の席では奈津美が期待に目を輝かせているが、奏流はすぐに頷くことはできなかった。なんとなく腰が引けてしまう。

「レベル高そう……」

「そんなことないよ。超簡単なやつだってば」

「それならいいけど」

　奏流はソフトドリンクをもらって喉を潤し、十分ほど休んでからまたピアノに戻った。

　客はそれなりに多く、席はほとんど埋まっていた。空いているのはカウンター席の一部だけだ。最近はこういう状態が続いている。男女比は半々というところか。オーナーが変わる前からの常連客も結構いるらしいし、保科と和久井に惹《ひ》かれてくる女性客も多いようだ。奈津美などもそのひとりだが、彼女の場合はさらに男性客を呼び寄せている。奏流のピアノが聴きたくて来てくれる客は、一体どのくらいいるのだろう。

（ひとりでもいれば、いいんだけどな）

贅沢だと言われればその通りだが、望んでも罰はあたらないだろう。ピアノがないと言ってがっかりしてくれた客が、奏流のピアノのために来店してくれるようになれば、こんなに嬉しいこともないのだが。

ゆっくりと時間は流れていき、九時近くになると、いつものように奈津美が帰っていった。門限が十時だという彼女は、この時間に帰るのが常で、帰るときには必ずピアノのところまで来て、奏流に声をかけてくれる。

常連客のあいだで、奏流と奈津美は仲のいい友人として認識されているようだ。冷やかされたことは一度もなかった。

そのまま続けて三曲弾いて、ひと息つこうかとしたとき、やや困惑顔で和久井が近づいてきた。手にはメモのようなものを持っている。

「リクエストだって言われたんだけど……」

和久井は奏流の横に立つと、手にしたメモに目を落とした。視線こそ向けていないが、客がいるあたりを気にしているのがわかった。

「なんですか？」

「それがさ、初めて来た客で、ぜひってことなんだけど……鷹宮くん、これ知ってる？」

「げ……」

奏流は目を瞠り、あからさまに動揺した。手帳を破ったらしいメモに書かれているのは、アルファベットが三つ。〈DEC〉とあった。

　意味することはひとつだった。

「これって十二月ってことだよな。……なぁ、もしかして知りあい？」

　顔を向ける勇気がない。ここから店内のすべてが見渡せるわけではないが、真継がいるとすれば、確実に奏流が見える位置にいるはずだ。

「ヤバい……」

「えっ、ヤバいの？　あれって何者？　帰ってもらったほうがいいか？」

「あ、いやあの……たぶんこれ、兄……です。バーでバイトっていうの、すごい反対されてて……内緒で始めちゃったから」

　しどろもどろに事情を説明すると、和久井は納得した様子を見せた。

「ほんとに箱入りなんだな」

「そういうわけじゃ……」

　ただの兄弟関係ならば、許してもらえたはずだ。真継が余計な心配――自分を基準にして奏流の貞操を気にするから、あれほど反対するのだ。

「大丈夫？　弾けるか？　ほかの客の前でリクエスト受けちゃったから、とりあえず弾いてくれると助かるんだけど」

「あの、こんな曲ないんです。十一月までしかなくて、あ……兄は、知ってて書いてきたんです」

ずいぶんと意地の悪いことをすると思った。だが真継らしくもある。誕生日あたりから、なりを潜めているが、もともと彼はかなり嫌味な性格なのだ。慇懃《いんぎん》無礼《ぶれい》という言葉は、彼のためにあるんじゃないかと思ったくらいに。

むしろこのリクエストは本領発揮と言えた。

和久井は少し驚いた表情を浮かべたあと、ふっと小さく溜め息をついた。

「わかった。だったら簡単だよ。適当になにかオリジナルを弾けばいい。どうせお兄さんにしかわからないことだろ？」

「あ……はい」

自分で作った曲だから、譜面などなくても弾ける。多少の違いはあるだろうが、そこはなんとでもなる。

ほっとして奏流は表情を和らげた。

あえて真継を見ないようにして、奏流はオリジナル曲を弾いた。しっとりとした秋らしい曲は、この場に違和感なく馴染んだ。

もちろん奏流の内心は嵐《あらし》のように乱れていたが。

弾き終わってから、ようやく視線を客席に向けた。思った通りカウンター席の端に、よく見知った姿があった。

いつどこで見ても、絵になる男だ。現に店内の女性客が真継をちらちらと見ている。実際に声をかけられるとは思えないが、とにかく視線を集めてしまうのだ。

真継が奏流を見ないのは、故意だろう。視線をあわせないことが、ますます奏流の焦りを濃くしていく。

動くこともできず、奏流はずっとピアノの前にいた。何度か和久井が様子を見に来てくれたが、気づいているのかいないのか、保科は奏流を放置した。

(生殺しって、こういうことか……)

いっそ怖い顔でこちらを見るとか、説教でもするとか、なにかしてくれれば奏流としても覚悟が決まるのに。

終わるまでずっとこんな気持ちでいなければいけないのだろうか。きっと真継は最後までいて、保科と直談判《じかだんぱん》し、奏流を連れ帰るに違いない。

(バイト、続けられるかな)

辞めたくはないが、続けるにはかなりの労力が必要だろう。まず真継を納得させなければならない。奏流は二十歳を過ぎているわけだし、真継に口出しする権利はないはずだが、口で勝つ自信はないし、昔からの立場の弱さというものは容易には覆せない。本来なら奏流は雇い主のお坊ちゃんとして強い立場のはずだが、実際には真継のほうが何倍も偉そうで、常に上にいたのだ。単純に年齢の問題でもあるのだろう。とにかく言葉遣いや互いの呼びかたなどは、まったく意味を成していないのだった。

ひとりで悶々《もんもん》としていた奏流は、視界の隅ですっと立ちあがった真継に、びくりと身体を震わせた。

いろいろと考えて、ある種の覚悟を決めたというのに、真継はあっさりそれを裏切り、なにも言わずに店を出ていってしまった。

最後まで奏流と視線をあわせることはなかった。

かえって怖い。

(店の外に……違う、きっと帰ったら待ってるんだ……)

先延ばしにされればされるほど、恐怖心が降り積もっていく。最初は動揺する程度だったのに、真継のよくわからない態度のせいで、いまやすっかり怖くなってしまった。家に帰りたくないと思うほどに。

そのあとのことは、正直なところよく覚えていなかった。演奏終了時間の十一時半になって、和久井に促されるままカウンターに座り、弱めのアルコールを一杯もらった。冷たいそれを飲んで、ようやく奏流は外に意識を向けた。

店のラストオーダーは十二時、閉店は十二時半だから、客はまだ何人も残っていた。

「大丈夫か？　顔色悪いけど……」

「すみません。大丈夫です」

「あのお兄さん、いくつ？　結構離れてるよな。似てないし」

「八歳離れてます。似てないのは、再婚連れ子同士だからなんですけど」

「ああ……そうなんだ。でもさ、鷹宮くんはもう成人してるんだし、別にいいと思うんだけどな。変な店じゃないって、胸張って言えるとこだし。あ、だからなにも言わずに帰ったのか？　心配で、店の様子見に来て、納得したんじゃないの？」

「うーん……」

とてもそうは思えない態度だった。もし納得すれば、視線もあわせずに帰るなんてことはなかったはずだ。

普段ならば長居はしないのだが、今日はどうしても腰が上がらない。

「かなり参ってるね」

「はい、結構……」

「いきなり来てリクエストだもんな。おまけになにも言わないで帰ったし」

「たぶん、あとでネチネチやる気なんです」

「ずいぶん嫌味な性格だな」

冗談めかした和久井の言葉に、奏流は大きく頷いた。

「そうなんです！　そのくせ口調だけは丁寧なんですよ。慇懃無礼ってやつなんです」

思わず力説すると、和久井はくすりと笑った。

「なんだか、愛のある言いかただな」

「はい？」

奏流はぎょっとして和久井を見つめ返した。いきなり出てきた愛なんていう単語に、過剰反応してしまった。

「親しくないと、そういう響きにならないと思うよ。だろ？」

「それは……まぁ、親しい……ですけど……」

「お兄さんもかなり心配だったんだと思うよ」

「あの、真……兄とは話したんですか？」

「いや、ほとんど話さなかった。でも紳士的な態度だったよ。落ち着いてるよな。俺とそんなに変わらないんだろ？」

「三つ、かな」

どうやらへたなことは言わなかったようだし、敵意を剝《む》きだしにしたわけでもなさそうだ。そのあたりは完璧に振る舞ったのだろう。

「辞めないよな？」

「ちゃんと話しあってきます。辞めさせたりするほど横暴ではないと思うし」

「がんばれしか言えないけど……」

「ありがとうございます。えーと、じゃ俺、帰ります。マスターにお疲れさまでした、って言っておいてください」

ちらっと店内に目を走らせると、保科は古参の常連客に呼ばれてテーブル席へ行っていた。

頭を下げ、奏流は荷物を取ってそのまま店をあとにした。足取りは重くなってしまうが、急がないと終電になってしまう。

ビルの外で真継が待っているようなことはなく、奏流は安堵《あんど》を覚えながらも、どこか拍子抜けしていた。

それは自宅に辿《たど》り着いても同じだった。

明かりのついていない家に入り、静まりかえった自室のベッドに身体を投げだした。

本来ならば来ない日だが、わざわざ店に行ったくらいだから、てっきり家で待っていて、話しあいになるかと思っていたのに。

「明日ってことか……」

問題が先延ばしになってしまった。あと一日こんな気分を味わうくらいなら、いますぐ来て、引導を渡してくれと思ってしまう。その一方で、自分から電話をかけようとしないのは、やはり怖いという気持ちが強いからだ。

相変わらず根性がない。奏流は天井を見つめたまま、大きな溜め息をついた。


気がついたら夕方になっていて、奏流は赤い空を見ながら途方に暮れた。

大学をさぼったのは初めてだった。なかなか昨夜は眠れず、気がついたら東の空が明るくなっていて、このまま徹夜かと思ったか思わないかのうちに、意識はなんとなく眠りの淵《ふち》に落ちていた。だが眠ったような気がしない。浅い眠りだったのかもしれないし、途中で何度か目を覚ましたようなそうじゃないような、夢現《ゆめうつつ》な状態も何度かあったように思う。

はっきりと目を覚ましたときには、正午をとっくに過ぎていた。慌てて準備をして大学の最寄り駅まで来たはいいが、授業に出る気力がどうしても出なくて、図書室や食堂でだらだらと無意味に過ごしてしまった。

なにもしていなかったくせに、時間がたつのはひどく早かった。

「あーあ……」

ここまで引きずるとは正直思っていなかった。こんなことならば、やはり思いきって昨夜のうちに電話をするべきだった。

重たい身体を引きずって駅へと向かっていると、後ろから足音が聞こえてきた。

「どうしたの、今日。いなかったよね?」

「あー……」

確かめなくても誰かはわかる。奏流は隣に並んできた奈津美を見て、曖昧な返事をした。

「メールしようかと思ってたんだよ。具合悪いのかなー……って……悪そうだね。どうしたの、奏流くん。目が死んでるよ」

「あ……うん。ちょっとね……」

「風邪？　二日酔い？」

「どっちも違うよ。バイト反対してる兄にバレた。昨日、奈津美さん帰ってから、店に来ちゃってさ」

「えっ、嘘。何時ころ？」

「たぶん入れ違いくらい」

「あれ……じゃ、あのひとかな。ビルの入り口ですれ違った男のひとがいたの。和久井さんくらい背が高くてスーツで、眼鏡かけてて、すっごいインテリっぽい感じの格好いい三十歳くらいのひと」

「たぶんそれ」

そのインテリっぽい男と、奏流は数時間後に対峙《たいじ》するのだ。どんな叱責《しっせき》があるかと思うと胃が痛くなってくるが、ここまで来ればもう早く来いと開き直るしかない。

「怒られたの？」

「これから怒られる予定。昨日はなにも言わないで帰って、それっきりなんの連絡もなし。真綿で首を締められる感じ……」

「それってわざとだよね」

「うん、間違いなく」

「わかる気がするな。お兄さん、Sっぽかったもん。あの手のタイプって、エッチもねちっこくて、しつこいひとが多い……あ、ごめん。この手の話はNGだった。慎《つつ》ましやかにしないとね」

「いや、うん……いいけど……」

かなり慣れてきたし、Sだというのも間違っていないだろう。問題はそのあとに続いた言葉だ。本当にそうだったらたまったものではない。

駅まではあっというまだった。奈津美は今日も〈musique〉へ行くというので、同じ電車に乗った。

「バイト辞めないでね」

「うん」

「協力できることがあったら、なんでもするから。遠慮なく電話かメールして」

「ありがとう」

乗り換えのために途中の駅で降りた奈津美が、ホームから見送ってくれた。奏流のテンションが低いのが心配らしい。

（やっぱ癒《いや》されるなぁ……）

見えなくなるまでいてくれた奈津美に、少しだけ気分が浮上した。

夜のことは考えないようにし、寄り道はしないで帰宅すると、食事を作って帰らんとしていた通いのお手伝いさんに会った。初老のその女性と軽く言葉を交わし、ますます気持ちが落ち着いたところで、自室のピアノに向かった。

コンクールまではあと一ヵ月だ。とりあえず恥をかかないようにはしなくてはいけない。教授に説教をくらうのは真っ平だ。

奏流はやる気がないのではない。ただああいう緊張感が苦手だから、どうしても及び腰になってしまうだけだった。

ピアニストになることは、母親の夢だった。それが果たせなかった彼女は、奏流に夢の続きを託したわけだが、それも数年前には諦めたようだ。彼女はピアニストにも跡継ぎにもなれない息子に対し、情熱を失ってしまった。そのころには、とっくに父親とうまくいかなくなっていた。

それでも奏流はピアノを捨てる気はない。母親が望んだ形ではないが、これで生きていくのだと決めていた。

時間も忘れて練習をしているうちに、外は真っ暗になっていた。

食欲はないが、軽くでもいいから食べておいたほうがいい。ダイニングへ下りてひとりで食事をし、ふたたびピアノを弾いたり風呂《ふろ》に入ったりした。

真継が帰ってきたのは、九時を大きくまわったころだった。

「あ……おかえり」

いまだに奏流は出迎えの言葉で迷ってしまう。真継はここで暮らしているわけではないが、いらっしゃいは違和感があるからだ。

「えっと……なんか食べてきた？」

「すませてきましたよ。奏流さんは？」

「さっき食べた」

「いつでも寝られそうな格好ですね」

パジャマ代わりの長いTシャツとハーフパンツ姿を見て、真継は無感情に呟いた。にこりともしないし、触れようともしない。告白して以降、しょっちゅう抱きしめたりキスしたりしてきたくせに、手の届くところにいる奏流を一瞥《いちべつ》するのみだった。

「飲みながら、話しましょうか。そのほうがあなたも気が楽でしょうし」

「わ……わかった」

「着替えてきますから、グラスと……そうですね、お好きなワインを用意しておいてください」

いつもと変わらない態度の真継は、言い残して自室へ行ってしまう。

そのあいだにワインセラーから白ワインを出し、奏流は栓を開けた。セラーには家族で飲むためのものしか入っていない。ワインは飲むものであってコレクションするものではない、というのが父親の主義だからだ。

真継は着崩したシャツにカジュアルなパンツ姿で戻ってきた。スーツを脱ぐと、少しは若く見える。とはいえ、年相応というところだ。

場所はリビングになった。向かいでも並びでもない位置にそれぞれが座り、グラスにワインをそそぐ。口当たりのいい少し甘めのワインが、喉を通って胃に落ちていった。確かに酒が入ったほうが楽かもしれない。

「わたしから質問する形でいいですか。奏流さんのほうで訊きたいことがあるようでしたら、それでもいいですよ」

「あ……うん。じゃひとつだけ。あのさ……なんで、わかった？」

昨日からずっと考えていたことなので、すんなりと質問は出てきた。いつ、どうして、というのは大いに気になるところだ。そしてあの店をどうやって突きとめたかもだ。

「おかしいと思ったのは、大学の近くまで送っていったときです。わたしが平日にここへ来ると、困るみたいでしたから」

「ああ……」

「で、試しにここへ来てみたんですよ。二週間くらい前でしたかね。そうしたら、いなかった。別の日に、もっと遅い時間にも確かめてみましたが、やはり留守でした」

「来たんだ、そっか」

やはりあれは藪蛇《やぶへび》というやつだったのだ。いまさらだと思いつつも、あのときの自分を罵《ののし》りたくなった。その気分のまま、グラスをあおった。気がつくとワインは足されていて、たちまち身体にアルコールがまわる。だがこの程度なら話すのに支障はなかった。

「バーに連れていったときの様子と、あなたの行動パターンを考えて、こっそりアルバイトでも始めたんだろうな……と。もしくは探しているか。で……ひとを使って調べさせました。いろいろとおもしろいことがわかりましたよ」

真継はグラスを置いて、奏流をまっすぐに見た。そうして、いかにも作りましたという笑顔を見せつけた。

「最近、彼女がおできになったそうで」

「あ……いや……」

「昨日、すれ違いましたよ。写真で拝見するよりも、可愛らしい女性でしたね」

「奈津美さんのことも調べたのか……!?」

「あなたの行動を見張らせていたら、フレームインしてきただけですよ。存じませんでしたが、連休明けからお付きあいが始まったそうで」

淡々と告げる真継の目は少しも笑っていない。どこまで本気にしているかはわからないが、おもしろくないことには変わりないのだろう。

あまり刺激したくないので、すぐさま事情を説明した。彼女が奏流など対象外であることも、保科に夢中であることも教えた。そして奏流自身、彼女には親しみと好意以外を感じていないこと強調した。嘘ではなかった。

「可愛いと思うし、一緒にいるとふわんとした気持ちになるんだけど、それだけだよ」

言い訳のようなことを言っている自分が少し情けない。真継と恋人同士だというならばともかく、一方的に口説かれている状況なのだから、奏流が誰となにをしようと、咎められる筋合いはないはずなのに。

「なるほどね。同級生の彼女のほうは承知しました。それよりも、あのバーテンダーはなんです?」

「え……あ、和久井さんのこと？」

「そうです。やけに彼は、あなたを気にかけてましたね。あなたもずいぶんと気を許しているようだ。かなり無防備な顔でしたよ」

「あんたがムチャ振りするからだろ。作ってもない曲、指定してさ」

「わかりやすかったでしょう。実際、メモを見た瞬間に顔色が変わりましたしね」

「普通に声かけられたほうがよかったよ。とにかく、和久井さんは俺のフォローをしてくれたんだよ。すっごい動揺しちゃったからさ。和久井さんって、すごくいいひとなんだよ。親切だし、気を使ってくれるし」

「親切なのは当然でしょう。あの男は、あなたに気があるんですから」

「は？」

「ああ、やっぱり気づいてなかったんですね。そんなことだろうと思ってましたよ。本当に鈍くていらっしゃる」

一方的に責められる雰囲気になっているのは、ひどく理不尽だった。なのに邪推だと言い返さないのは、言えば何倍にもなって返ってくることを承知しているからだ。最終的にやりこめられ、納得しないまま頷かされるのならば、最初から逆らわない振りをしたほうがいい。

「それで、なに？　バイト辞めろって話？」

すっかり投げやりになった奏流は、常にない突き放した口調で、逆に問いを向けた。たとえどんな解答でも、アルバイトは続ける方向で心は決まっていた。

「辞めて欲しいのはやまやまなんですが……強制はしませんよ。あなたも大人ですからね」

「そ……そっか」

拍子抜けしつつも、奏流は頷いた。ほっとしていいのか、警戒していいのか、よくわからない。

「ただし、忠告をひとつ。客のなかにも、あなたをいやらしい目で見る男がいましたよ。不愉快ですが、どうにもなりませんから、気をつけてください。やはり問題はあのバーテンですかね。間違いなく下心ありですよ」

「まさか」

「賭《か》けましょうか？」

強い視線がまっすぐ奏流へ向けられる。同じくらいに言葉にも力があり、自信のほどが窺《うかが》えた。納得はできなかったが、反論もしなかった。話しあったところで真継は折れないだろうし、奏流もまた譲る気がないからだ。

「急がないつもりだったんですが、なかなか油断できない状況になりましたからね。方向を転換することにしました」

「転換……？」

「とりあえず、既成事実を作ります」

「き……」

ぱくぱくと口が動くだけで、それ以上は声にならなかった。意味することはわかる。わかるからこそ、絶句してしまう。

「身体の関係から入って錯覚させるのも、あなたには有効かと。ああ、いつもやってることの延長だと思えばいいんですよ。セックス……と言っても、最後まではしませんし」

だから安心しろと言わんばかりの態度だが、到底納得できるものではなかった。奏流にとってセックスはかなり特別なことだ。抱擁やキスの延長で片づけてほしくない。

だからこそ真継は、そんな意識を打ち破ろうとしているのかもしれないが——。

「大丈夫ですよ、怖いことじゃないですから」

流れるような所作で真継は立ちあがり、奏流の隣に移動した。

動けない。逃げねばと思っているのに、真継の目に見すえられて、まるで金縛りにあったように身体が自由にならなかった。

蛇だ、と思った。昔からどうして真継に逆らいがたいものを感じていたのか、たったいまわかった気がする。それは彼が蛇で、奏流が蛙《かえる》だからだ。

座面についていた手に、真継の大きな手が重ねられる。まるで逃げられないように縫い止めているようだ。

端正な顔が近づいて、奏流は目を伏せた。

眼鏡がじゃまだな、と思ってしまったのは、酔っているせいだろうか。

目を閉じて、唇を舐められる感触に小さく震える。抵抗どころか、これでは受けいれているようだと、冷静な部分がひそかに溜め息をつく。

舐めたあとは、啄《ついば》むように唇を甘噛《あまが》みされた。いつもと違うということは、もうその段階でわかっていた。

革張りのソファは肘掛けの部分も同じ素材で、なだらかな傾斜を描いている。そこにそっと倒されて、奏流は仰向《あおむ》けになって真継を見あげた。

眼鏡を外すしぐさに、どきっとした。何度も見たしぐさのはずなのに、やけに艶めかしく感じるのは、この状況だからだろうか。

ふたたび唇が触れたあと、初めて舌が入りこんだ。

その瞬間に身体が硬直したが、奏流は噛んだり顔を背けたりはしなかった。舌先で口のなかを舐められて、ぞくぞくした痺《しび》れが背筋を這《は》い上がり、それに気を取られているうちに、こわばりは自然に解けてしまった。

「ん……ぁ……」

無意識に逃げていた舌を捉《とら》えられて、執拗《しつよう》に嬲《なぶ》られた。けっして乱暴ではないのに、口のなかを蹂《じゅう》躙《りん》されているのだという気がした。

そのあいだに真継の手は、Tシャツの裾《すそ》から入りこみ、ワインで火照った肌をまさぐった。大きな手のひらがあやすようにして素肌を撫でまわし、やがて胸の一点で止まる。指先で爪弾《つまび》かると、奏流はわずかに身を捩《よじ》って逃げようとした。

だが抵抗とも言えないようなしぐさは、真継にとって媚態《びたい》にしかならない。

唇を離した真継は、ふっと笑って今度は耳に唇を寄せた。

「昔から、くすぐったがりやでしたよね」

「っ、や……」

耳に息を吹きかけられ、ぞくんと身体が震えた。言われたことは事実だ。子供のころから、弱い部分があちこちにあって、意図してくすぐられなくても反応してしまう。抱きしめられるくらいではなんともないが、撫でられたらもうじっとしていられない。

胸の粒をいじられるのと同時に、耳の孔《あな》に舌を差しいれられた。ぴちゃりと水音がして、奏流はひどくうろたえた。

声や音さえ愛撫になるのだと初めて知った。

優しくいじられ、柔らかかった乳首がぷくんと尖《とが》る。指で摘《つま》まれたり、やわやわと揉《も》まれたりしているうちに、ただ触られているというだけではない感覚が湧きあがってきた。

「ん、ぁ……っん」

鼻にかかった声が、自然と唇からこぼれた。

甘く痺れるような、なにかが染みこんでくるようなその感覚に戸惑い、奏流は眉根《まゆね》を寄せた。

気持ちがいい。はっきりとそう思った。

真継はTシャツを胸の上までまくりあげ、耳から放した唇でもう一方の胸を舐めた。ざわりと肌が粟立った。

ただ胸をいじられているだけなのに、少しずつ息が乱れ、いつの間にか吐く息すらも熱を帯びていた。ワインにあおられていた身体が、もっと熱くなっていく。残っていた力も、とっくに抜けてしまっていた。

甘い疼《うず》きに身体が支配されようとしている。逃げだしたいような気もするし、もっとして欲しいようにも思う。きっとどちらも本当だ。だから自由を奪われているわけでもないのに、奏流は一度も逃げようとしていないのだ。

このままではいけない。そう思うのに、指先ひとつ動かす気になれなかった。

酔っているせいだ。だからおかしくなっている。そうじゃなかったら、とっくに暴れて抵抗して、逃げていたはずだった。

「ぁんっ……」

尖った乳首を軽く噛まれ、びくっと腰が跳ねた。音を立てて吸われるたびに、せつなげな声がこぼれていく。

こんなところで、こんなふうに感じるなんて知らなかった。意識したこともなかった場所なのに、いまは身体中のどこよりもその存在を主張して、奏流を快感に喘《あえ》がせている。

快楽に身を任せていた奏流は、ふいにすべての愛撫がやんだことに、すぐには気づかなかった。身体が宙に浮く感覚に、ようやく我に返った。

「なに……」

「ここじゃ狭いですね」

真継に抱き上げられ、リビングから離れた。それなりの重さはあるはずなのに、ものともせずに階段を上がり、週末だけ使われる真継の部屋に連れてこられた。

奏流の部屋よりは狭い、だが充分なスペースを持つ部屋は、ホテルの一室よりも遥かに無機質で殺風景だ。本当に必要最低限のものしかなかったが、ベッドはそれなりに大きく立派なものが置いてある。真継の体格にあわせてあるのだ。

ベッドに下ろされ、Tシャツを脱がされた。

敏感になった胸の突起を舌先で転がされたり押しつぶされたりすると、こらえきれない喘ぎがこぼれてきた。

愛撫する口はそのままに、真継の手はゆっくりと下へと向かい、臍や腰骨を撫でてから、布越しに奏流の中心をまさぐった。

「あっ、や……だ……」

初めて他人の手を知ったそこは、刺激されるままにあおられ、みるみる形を変えていく。

いつの間にかボトムも下着ごと奪われた。それを恥ずかしいと思う間もなく、奏流は強引に膝を割られ、真継の身体で脚を閉じられないようにされていた。

「やっ……あ、ぁん……んんっ」

いきなり口に含まれ、がくんと身体がのけぞった。

柔らかな舌や粘膜に嬲られて、腰から自分が溶けていきそうだった。一方でどうしようもない熱が溜まり、出口を求めて奏流のなかで荒れくるっている。

舌がねっとりと絡み、唇を使って扱《しご》かれて、奏流は脚をがくがくと震わせた。

だが解放の前に、あっさり奏流は放《ほう》りだされた。中途半端にされて、とっさに咎めるように真継を見てしまう。

「思った通りだ。たまらない顔をしてくれますね」

満足そうに笑い、真継は「惜しいですが」と続けた。その意味は次の瞬間にわかった。奏流の身体は、なかば強引にひっくり返され、俯《うつぶ》せにさせられていた。腰から下だけが床へと下ろされ、床に膝をつかされた。真継もまた床に座り、奏流の脚を開かせた。

「や、だ……っ、なに……やっ……」

尻に手がかかり、秘められたところを暴くようにして、指に力が加えられた。

奏流はようやく抵抗を思いだした。全身が羞恥《しゅうち》に染まり、いやだと訴える声は半分泣いているような響きになる。

だがかまうことなく、真継は最奥《さいおう》に舌を寄せた。

小さく上がる悲鳴など無視して、濡《ぬ》れた舌は奏流の窄《すぼ》まりを這い、少しずつ頑《かたく》なさを解きほぐそうとする。そんなところは断じて口を付ける場所ではないと思うのに、真継の動きにはためらいがなかった。

湿ったいやらしい音は耳を犯し、奏流の頭のなかまでぐちゃぐちゃにした。

呼吸がすすり泣くような響きに近くなる。

やがて舌先をなかへ押しこまれ、奏流は大きく目を瞠った。

「いや……ぁ……」

あんなところを、なかから舐められている。考えもしなかったことをされ、その衝撃に頭が真っ白になった。

舌が動くたびにすすり泣きがもれ、シーツをつかんでいた指先は震えるばかりで力が入らない。身体中の神経がその一点に集まってしまったようだ。

真継はしばらく奏流を泣かせたあと、たっぷり濡らしたそこに指を突き立てた。

「うんっ……」

ゆっくり食いこんでいく指に痛みは感じなかった。深くまで入りこんで、確かめるように何度か出し入れを繰りかえしたあと、真継は指を引き抜いて、奏流をベッドに戻した。

脚を大きく開かされても、もう抵抗する気すら起きなかった。腿《もも》の内側に落ちたキスが、足先にまで移動していく。さすがに足の指を口に含まれたときは身体に力が入ったが、泣きそうになっただけで暴れたりはしなかった。

信じられないことばかりされている。どうして真継のような男が、ためらいもせず奏流の足の指まで舐めるのか。

もっと信じられないのは、そんなところで感じてしまう自分だった。

戻ってきたキスが足の付け根を吸ったあと、ふたたび指がなかへ潜りこんだ。そうして奏流の内部を容赦なく探っていく。

「やっ……ぁ！」

いきなり襲ってきた衝撃に、奏流は悲鳴を上げてのたうった。

「ここが好きなんですか……？」

揶揄するような声なのに、ひどく甘かった。彼の指も同じだ。きれいだと何度も思ったことがあるこの指は、優しいくせに、こんなにも横暴だった。

「ひぁっ……！　やっ……あ、あっ！」

強引に追いつめられて、声がせっぱ詰まったものになる。暴れる腰を押さえるようにして、真継はいまにも弾《はじ》けそうな奏流自身を口で包んだ。

「ぁあぁっ」

内側から弱いところを突かれた瞬間に、味わったことのない絶頂感が襲ってきた。

背中がシーツから浮いて、嬌声《きょうせい》と認めるしかない声が響いた。

まともに頭が動くようになるまで、ずいぶんと時間がかかった。真継はそのあいだ、奏流をさんざん泣かせたのと同じ指で、宥《なだ》めるようにあちこちを撫でていた。それにすら身体は小さく反応してしまう。

乱れた呼吸に薄い胸を上下させ、焦点のあわない目で真継を見つめた。

もう一度キスされて、舌が触れたとき、奏流ははっとして意識をはっきりさせた。

「あ……さ、さっき……あれを……」

いったとき、真継は奏流が放ったものを飲んでいたはずだ。ぼんやりと見た映像が、急に現実感を伴って思いだされた。

返事の代わりに真継はうっすらと笑う。

青くなったらいいのか赤くなったらいいのかわからなかった。

とっさに身体ごと背けて逃げようとしたが、抱きしめられることで阻止された。そうして身体が密着したときに、布越しに真継の高まりを感じてぎくりとした。

「もう一度くらいは、付きあってくださいますよね？」

「な……に……や、ぁっ」

放ったばかりの部分を手に取り、真継は自分のものと一緒に手で扱いていく。

くすぶっていた熱はあっという間に内側から身体を焦がした。触れあった場所から、濃い官能があふれだしてくる。

奏流が両手で真継に縋《すが》ると、耳もとでふっと笑う気配がした。

揶揄されたわけではなかった。どこか満足そうな響きに聞こえた。

「思っていた通り、素直な身体ですね」

「ぁあっ、ん……」

吹きこまれる声にも、その言葉にも、素直だという身体は正直に反応した。そのまま耳を愛撫され、奏流は手で二度目の絶頂へと導かれていく。

「ま……さ、つぐ……っ」

二人の身体のあいだで、続けて熱い迸《ほとばし》りが散った。

余韻が去っても、目を開けることはできずにいた。ふわふわとした心地よさが全身を包み、まぶたも指先も、なにもかもが重くて動かしたくない。

(なんか……眠い……)

そういえば昨夜は——というより今朝は、ちっとも眠った気がしなかったのだ。それにワインのせいもあるだろう。飲んだあとで、血の巡りのよくなるようなことをしてしまったから、余計にまわってしまったようだ。

「奏流さん」

返事をしようとしたのに、どうしてもできなかった。すでに意識は眠りのなかに、半分くらい溶けていた。

髪を撫でる手が気持ちいい。奏流の好きなあの指が、優しく自分の髪に触れているのだと思うと、

ひどく幸せな気分になる。

ずっとこのままでもいいと思えるくらいには——。

「早く認めてしまいなさい。あまり長くは待ってあげませんよ」

耳もとで囁かれる甘い声に誘われて、奏流の意識はすうっと沈みこんでいった。

いつもと変わらない朝のはずだった。

自分の部屋の、慣れたベッドで迎える、少し遅めの朝。そうして特になにもない一日が始まるはずだったのに、奏流は起きた瞬間に違和感を覚えた。

身体がおかしい。風邪をひいて熱があるときとは違うが、あちこちの筋肉が軋《きし》んでいて、喉がざらついて、ひどくだるい。だがその倦怠感《けんたいかん》は、けっして不快なものではなかった。どこかしら甘さを含んでいて、特に腰のあたりにそれが溜まっている感じだ。

ぼんやりと天井を眺めていた奏流は、ふと自分の格好に気がついて息を呑《の》んだ。

服を着ていない。どうして、と考えた途端に、なにかのスイッチが入ったように、昨夜の記憶が雪崩れのように蘇《よみがえ》った。

裸に剝かれ、あちこちにキスされて、自分でも見たことがないようなところを見られた。それどころか触られて舐められて、しまいには身体のなかまでもいじくりまわされた。

確かに最後まではされなかった。だが一度ならずいかされて、泣くまで喘がされたのも事実だ。

「う……うー……」

奏流は耳まで赤く染め上げた顔を、枕《まくら》に押しつけてくぐもった声を出した。

思いだしたくないのに、頭は勝手に昨夜のことを再現しようとする。それも感触や音までつけて、生々しいほど鮮明に。

信じられない。あんなことをした真継もだが、それ以上に自分が信じられなかった。

振りはらおうにも振りはらえない記憶に翻弄されているうちに、ノックの音が聞こえ、奏流はますます動揺した。

返事をしていないのにドアは開き、奏流をこんなふうにした元凶が涼しい顔で現れる。すらりとしているのに、貧弱さとは無縁の男らしくしっかりとした身体つき。整った顔が理知的な印象なのは、眼鏡の奥にある切れ長の目のせいだろう。

奏流は枕から少しだけ出した目で男を見ていた。

「ああ、起きていらしたんですか。気分はどうですか?」

本当に腹が立つほど涼しい顔だ。昨夜のことなどなかったような態度を見ていると、動転している自分が馬鹿《ばか》に思えてくる。

近づいてくるのを察して、奏流は完全に顔を枕に埋《うず》めた。

「そろそろ起きて、なにか食べたほうがいいと思いますよ。甘いものでも飲みますか? ホットミルクにハチミツを落としたのはどうです?」

真継はベッドの端に座り、手を伸ばして奏流の髪を撫でた。子供にするようなしぐさではなく、明らかに官能を帯びた触れかただ。違いがはっきりとわかった。

だが奏流は無視した。どんな顔をすればいいのか、なんと言ったらいいのか、まったくわからなかったからだ。

「動きたくないなら、持ってきますよ。それとも、抱いていってさしあげましょうか?」

返事の代わりに奏流は軽く首を振った。否定の意味もあったし、真継の手を振りきる意味もあった。いやではないが、撫でられているのを受けいれているのだと思われたくなかったからだ。

「拗《す》ねているんですか？　それとも恥ずかしがっているだけかな」

「怒ってるんだよ……！」

思わず顔を上げて真継の顔を見た途端に、カッと顔に血が上った。枕に逆戻りしようとすると、それより早く顎を取られ、当たり前のようにキスされた。

触れるだけのキスだ。昨夜とは違った。

先に目を背けてから首を振ったが、痛いほどつかまれた顎から指は外れない。

「痛いって……！」

「ああ、すみません。乱暴でしたね」

誠意のこもっていない謝罪と同時に、真継は奏流を仰向けにベッドへ戻した。上からのしかかられて思わず身体が硬直した。

昨夜のことがまざまざと思いだされ、ひどくうろたえてしまう。組み敷かれて見下ろされて、つかまれた手首からは真継の体温が伝わってきて、火傷《やけど》するかと思うくらいにそこが熱かった。またあのときの熱が、奥底から蘇ってきそうだった。

真継はくすりと笑った。

「なにを考えているんですか？」

「別に」

「もしかして、わたしがなにかするのを期待なさってますか？　昨日はずいぶん気持ちよさそうでしたからね」

「っ……違うよ、バカッ！　怒ってるんだって言ったろ……っ」

「ああ、そうでした。失礼。奏流さんは怒っているんでしたね。顔が赤いのも、怒りのためなんですよね？」

いけしゃあしゃあ、と言うのは、まさにこれのことだと奏流は思い知る。

自分の都合でひとの身体を好き勝手にいじくりまわしたくせに、真継は反省するどころか、いままで見たことがないほど楽しそうな態度だった。

確かに無理矢理とは言いがたい行為だったし、奏流は泣くほどの快楽を与えられた。だが合意でなかったことも事実だ。

「……謝れ」

「いいですよ」

「は……？」

予想外の言葉を返され、奏流は大きく目を瞠る。恥ずかしかったことも怒っていたことも忘れ、茫然と真継を見つめた。

あまりにあっさりしすぎていて、かえって信じられなかった。これまでの態度を見れば、彼が微塵も悪いと思っていないことなど明白なのに。

「謝罪しろというならば、しましょう。微妙に合意じゃなかったことは確かですしね。ただ、反省しろと言われたら拒否します」

「なにそれ。だったら謝ったって、口だけってことだろっ」

「謝意はありますよ。ただ、わたしにとっては、いままでのキスとそう大差ないことなので、謝るとなったら、あなたの誕生日からさかのぼることになりますね」

「違うだろ」

昨夜の行為のどこが抱擁やキスの延長だというのか。身体のなかにまで舌を入れるのが、キスだなんて奏流は納得できなかった。

そう考えた途端にまた感触まで思いだしてしまった。

ぞくんと震える身体を叱咤《しった》し、奏流は静かに息を吐きだして名残のような熱を逃がした。ついでに淫《みだ》らな記憶も頭の隅に押しやる。

だが最悪なことに、いまの奏流は全裸だ。いくら胸から下が布団で隠れているとはいえ、真っ裸で真継に組み敷かれた状態なのだ。眠っているあいだに隣の部屋からこちらへ運ばれたらしいが、なぜか服は着せてもらえなかった。

「なんで裸なんだよ」

「必要ならご自分で着るかと思いまして。眠っているあいだは関係ないですしね」

「裸で寝る習慣なんかないし」

「慣れたほうがいいですよ。これからは機会も増えるでしょうから」

「な……」

「まぁ、意外に寝相もよかったですし、着なくても問題ないんじゃないですかね」

聞き捨てならないことを聞いた気がして、奏流はぴくりと眉を上げた。だが確認するのがいやで、口を開けない。

眼鏡の奥にある切れ長の目がひどく楽しげに細められた。

「奏流さんが眠ったあとのことを、知りたいですか？」

「知りたくない」

「そうですか。ま、別に知らなくても支障はないですしね」

にっこりと笑う顔を見て、急に不安になってくる。さっきの言いかたから、真継も同じベッドで眠ったらしいことは察していたが、それだけではない可能性をひしひしと感じた。

「……なんか、したのか？」

「もちろん」

「も……もちろん、って……」

「あのままにしておくはずないでしょう。唾液《だえき》と精液でベタベタでしたからね、隅々まできれいに拭いてさしあげましたよ。わたしが触れたところは、全部です。それこそ足の先から、身体のなかまでね」

　相変わらずの涼しい顔で、真継はさらりと告げる。もっと淡々としているとか、あからさまに揶揄している口調だったら、あるいはもう少し気分も楽だったかもしれないが、言いかたはむしろ爽《さわ》やかと言ってもいいほどで、余計にいたたまれなくなった。

「絶対に途中で目を覚ますかと思っていたんですが、結局朝までよく眠っておられましたね。かなり心配です」

「どういう意味」

「あれだけ触わられて、なかに指まで入れられたのに、起きなかったというのは問題でしょうが」

「酔ってたんだよ」

　だから目を覚まさなかったし、最中も抵抗をろくにしなかったのだ。すべてはアルコールのせいだった。

　苦しい言い訳だと、冷静な部分で奏流は自分に突っこんだが、真継がその通りだと大きく頷いた。

「やはり酒はだめですね。だからバーのアルバイトも反対したんです」

「え？」

「酔うと思考力が鈍くなるんですよ、あなたは。自覚がなかったんですか？」

「いや……そのへんは、あんまりよくわかんない……」

「アルバイトを辞めろとは言いませんがね、絶対に飲まないでくださいよ。あなたを信用して、任せますから。自信がないとおっしゃるなら、あの店のマスターとバーテンダーに直談判しますよ」

「わ、わかった」

ここは素直に頷いた。昨夜のことを思えば、真継の言葉には説得力があったし、反対だと言いながらも奏流の意思を尊重してくれるのが嬉しくて、反抗する気は起こらなかった。

しかし一度会話が途切れると、現状を思いだして眉間に皺が寄る。いまだに奏流は手首をつかまれ、上から押さえこまれているような格好なのだ。

奏流はさっと目を逸らした。

「あのさ……いい加減に退《ど》けよ」

「それはお願いですか。でしたら殊勝に可愛らしく、目を見て言わないと」

「お願いとかいう問題じゃなくて、この格好がおかしいだろ。なんで朝っぱらから、あんたに押さえこまれなきゃいけないいんだよ。放せって」

「目をあわせようとしないからですよ」

さっきよりも顔を近づけて、真継は甘く囁くような声で言った。まるで奏流が悪いと言わんばかりだった。

「い、いきなりあんなことされて、平然としてられるわけないだろっ」

「慣れてください」

「なっ……」

「わたしにとってはね、あんなことまでされてしまった……と、あなたに思わせることが大事なんですよ。理由は申しあげましたよね。酔っていて、覚えていませんか？」

「……覚えてる」

理不尽さを納得できていないが、しっかりと記憶には残っていた。この男は奏流が、既成事実に気持ちが引きずられるタイプだと言ったのだ。

もしそれが事実だとしても、合意もなしに身体をいじくりまわす理由にはならないだろう。それを口に出して言わないのは、抵抗らしい抵抗をしなかったという自覚があるからだった。たとえ酔っていたとしてもだ。

頑なに横を向いて黙っていると、やがて仕方なさそうに手が離れていった。

強引に押してきたり、割と簡単に引いてみたり、真継の行動は奏流にとってまったく読めないものだった。翻弄されて、そのたびに滑稽なほど動揺したり、戸惑ったりしてしまう。

「服を持ってきましょうか？　それとも、ご自分で？」

「……なんか持ってきて」

「わかりました」

真継は大きな手で奏流の頬を撫で、ついでなのかそちらが主目的だったのか、軽くキスをしてからベッドを離れた。

クローゼットの前に立つ真継を目で追うと、自然にピアノが目に入る。奏流が毎日触れている愛器は、弾いたこともないはずの真継にもよく映えた。

もしもあの指がピアノを弾いたら、どんなに美しいだろうかと思う。長くて形がよく、とても男らしく力強い指――。

気がつくと奏流は真継の指をじっと見つめていた。

あの指がどれだけ繊細に、そして傍若無人に動くかを、奏流はよく知っている。昨夜いやというほどに教えられた。

「なんです？」

「な……なんでもない」

はっとして慌てて目を逸らした奏流の耳に、真継が笑う声が入った。

「わたしの手が、どうかしましたか？」

「っ……」

わかっていて尋ねるとは、本当に意地が悪い。そもそもクローゼットのなかを見ていたはずなのに、どうして奏流の視線が向かう先が絞れたのか、そこからして謎《なぞ》だ。

「きれいになさっていますね」

「……まぁね」

クローゼットを開けられることに抵抗はなかった。見られて困るようなものは入っていないし、汚くしているわけでもないからだ。真継はさして迷うそぶりも見せず、服を手にして戻ってきた。

奏流の気のせいでなければ、持ってこようとしているのはパジャマだ。とりあえず持ってはいるが、普段はまったく着ることがない、シャツタイプにズボンというきわめてオーソドックスなパジャマだった。問題は真継が上のシャツ部分しか持っていないことだ。

真継の頭のなかが、はっきりと見えた気がする。こういう男だったんだと、奏流は諦めにも似た気持ちで溜め息をついた。


心ここにあらず。溜め息まじりに奏流にそう言ったのは、朝一番に顔をあわせた指導教員だった。こんなにも週の始まりが待ち遠しいと思ったことはなかったのに、大学に来てみても、奏流はぼうっとしたままで、本分に身が入らない。大学に来たかったわけでもアルバイトに行きたかったわけでもなく、おそらく家にいたくなかったのだろうなと、いまになって理解した。

結局この週末も真継は三泊していった。先週と同じく今朝までいて、奏流を大学近くまで送って出勤していったのだ。おまけに当分のあいだは、また平日も鷹宮家で過ごすことにすると言いだした。

(ずっといるのか……？　本気……だよな、どう考えても……)

いやだとは思っていない。真継にとっては一応実家になるわけだし、両親が不在のいまならば、気兼ねもいらない。

だが困るのだ。真継の行動はあの夜以来、確実に二歩も三歩も踏みこんだものになった。最後までされていないのが不思議なくらいに、奏流は彼のペースに巻きこまれている。

昨日までのことを思いだし、奏流は机に突っ伏した。

「おっはよーう。大丈夫？　まだへこんでるの？」

「あ……」

親しい女友達の声に、奏流は思わず顔を上げた。彼女は隣に座り、音楽生理学のテキストをバッグから出している。

奏流は数週間前から、彼女——奈津美の偽装彼氏となった。あくまで大学内のみのことだが、いまのところ学内でそれを疑う者はいないようだ。

「どうしたの、顔赤いよ」

「い、いや……なんでも……」

「色白いから目立つよね。あ、それでどうなった？　バイト、続けても大丈夫？」

「あ……うん。大丈夫だった。心配かけてごめん」

「よかった。じゃあ、これからも一緒に〈ｍｕｓｉｑｕｅ〉に行けるね」

奈津美は安堵と喜びがないまぜになった表情を浮かべた。こんな顔を奏流に向けているのを、おしゃべりな学生が目撃しようものなら、カップルだという噂はさらに強固なものになるだろう。

だが彼女の思いびとは、奏流のアルバイト先にいる。いまの笑顔だって、突きつめればその相手に向けられたものなのだ。

奈津美と偽装カップルになったのとほぼ同時に、奏流が始めたアルバイトは、ピアノバーで演奏するというものだった。奈津美の思いびとはそこのマスターなのだ。

（そういえば、真継はなんにも言わなかったな……）

アルバイト先――〈musique〉のバーテンダー・和久井のことはかなり気にしていたが、偽装彼女の奈津美のことは、どうでもいいようだ。偽装だということを知っているせいだろう。

「今日もアンニュイ？　バイトの問題は片づいたんだよね？」

「うん。まぁ、ちょっと別件で……」

「次から次へと大変だね」

「まぁね」

根本は同じなのだが、さすがに言うのは憚られた。兄同然のひとから口説かれ、誰にも言えないようなことをされて困りきっています……なんて打ち明けられるはずもない。

ましてや奏流のなかには、明確な拒絶の意思がない。嫌悪感も最初から覚えなかったし、身体は与えられる愛撫に反応するばかりだった。

本当にいやならば、いくらでも避ける方法があるはずだし、真継だってそれを察すればあんなことはしないだろう。口先だけの拒絶だから、どんどんエスカレートするのだ。最初の朝には確かにあった怒気も時間とともに消えてしまった。いや、真継が言っていたように、あれは羞恥心による照れ隠しでしかなかったようだ。

自分がよくわからない。いやなわけではなく、ただ困っているだけなのだということは、はっきりしているのだが、かといって真継が好きなのかと言われたら、それも頷けない。

性的なことへの興味は薄いほうだと思ってきたが、実は好きものだったということなのだろうか。本当にああいうことがされたくて、仕方のない身体だということなのだろうか。

ふと隣にいる奈津美が先週末にもらした言葉を思いだした。

（この子、当たってたよ……）

奏流は溜め息とともにまた机に突っ伏した。

真継とは一瞬すれ違っただけなのに、奈津美は彼のことをこう言い表したのだ。「あの手のタイプって、エッチもねちっこくて、しつこい」と。

まったくもってその通りだった。最後までされていないので、最終的な結論は出せないのだが、少なくともされた範囲でならば、そうとしか言えなかった。

（本番なしで一時間も二時間も、するものなのか……っ？）

奏流を落とそうとしているからなのだろうか、それともあれが真継のスタンダードなのか、怖《おそ》ろしくて確認もできない。もちろん不満もあったが、誰にもそんなことは相談できないし、疑問をはらすこともできないでいた。直接真継に訴えるというのも無駄だと知っている。口で勝てる相手ではないのだ。

いや、口どころか、なにひとつ真継に勝てるところはないのだが。

講義が始まっても奏流はしゃっきりとしなかった。とりあえず聞いていたし、ノートも取ったが、作業的にこなしていただけのことだった。

覇気がないという自覚はあった。真継のせいで頭のなかはぐちゃぐちゃだった。

それでも練習室では雑念も消え去り、与えられた曲を弾くことに没頭できた。コンクールを一ヵ月後に控え、エントリーを勧めた准教授も指導に熱が入っていた。ぼんやりしていられる状況ではなかったのだ。

奏流が本選を控えたコンクールは国際的なものではなく、とりあえず全国規模とはいえ、大会としての権威はまだないに等しかった。新しくできた音楽ホールを記念し、今年から始まったものだからだ。それでも出場者は多かったし、予選も一次と二次があったが、運よく奏流は本選まで残った。課題曲があっていたというのも大きいだろう。

本当は出るつもりなどなかったのだ。コンクールの雰囲気は苦手だし、演奏家になるつもりのない奏流には、必要もないと思っていた。だが学校側の勧めを断ることはできなかった。いろいろと繋《つな》がりがあるらしく、ようは見映えのする学生を何人か送りこみたいという思惑があったようだ。

練習時間が増えたこと自体は苦にならない。プロになる意思はないが、もともと毎日何時間も弾いていたからだ。もちろん練習内容は変わったが、頭のなかから真継を追いだすことができるのは、いまの奏流には歓迎すべきことだった。

放課後の練習を二時間ほどやってから、奏流は奈津美と合流して〈ｍｕｓｉｑｕｅ〉へと向かった。奈津美はただの客として、少なくとも週に三回は店に顔を出す。奏流が行かない週末くらいはピアノを弾いてもよさそうなものだが、本人は頑なにピアノに近づこうとしない。奏流の仕事だからと線を引いているのだ。マスターも無理なことは言わないひとだった。

繁華街から少し離れた、周囲に大使館がある落ち着いた一角に、奏流のアルバイト先であるバーはあった。古いビルの三階で、ワンフロアをすべて使っているが、さほど大きな店ではない。マスターとひとりの従業員でまわすには、むしろちょうどいい規模だ。

「今日もよろしくお願いしまーす」

店のドアを開けて、ふたりして入っていくと、開店準備をしていた青年が、振り返って笑顔を見せた。

すらりとした長身に女性受けするソフトな雰囲気を持ち、整った顔にひと好きのする笑みを浮かべる彼は、この店のバーテンダー・和久井だ。親切で気遣いのうまい彼を、奏流は心から信用しているが、真継は逆にかなり警戒していた。

奏流に気があると主張するのだ。下心があるからだと、一度店に来ただけで言いきった。そこはいまだに納得できない部分だった。だいたい和久井に失礼だ。彼だって邪推されていることを知ったら、気分が悪いだろう。

「お兄さんと、よく話しあった？」

木曜日の夜のことを気にして、和久井は心配そうな顔をした。

「あ……はい。ええ……」

「練習の前になにか出すよ。座って」

カウンターを示されて、奏流は奈津美と並んでスツールに座った。開店前から客である奈津美がいるのも、すっかり当たり前になってしまった。そのうち奥の従業員室からマスターの保科も出てくることだろう。

奏流はジンジャーエールをもらい、奈津美はモスコミュールをもらった。飲酒に関してはザルだと豪語する彼女にとってはジュースも同然のものだ。

「結論から言うと、バイトは大丈夫です。ただ酒は絶対に飲まないってことになりましたけど」

「そっか。よかった……。でも、酒がだめっていうのは？　あんまり強くないからってことか？」

「らしいです。アルコールが入った俺は信用できないってことみたいで」

「でも、悪いお酒じゃないよね。絡んだりしないし愚痴言わないし、泣かないし。ちょっとフワーッとする程度って気がする。記憶あるんだよね？」

奏流が頷くと、奈津美はうーんと首を傾《かし》げた。なにが問題なのかわからないといった様子だったが、和久井はかすかに苦笑していた。

「ま、しょうがないよ。バイト続けるほうが重要だもんな」

「はい。いままでと同じ形でお願いします」

アルバイトは月曜日から木曜日の十一時半までとなっている。金曜日に入れなかったのは、真継が鷹宮家に来る日だからだったが、知られてしまったいまでも、あらためて日を増やそうとは思っていなかった。

金曜日の夜までアルバイトを入れたら、真継の機嫌が悪くなるのが目に見えているからだ。

家を離れれば、とりあえず以前と変わらない毎日が送れる。大学以外にも場所があってよかったと、奏流はひそかに安堵の息をこぼした。

食事に行こうと服を押しつけられたのは、土曜日の昼過ぎのことだった。外へ出るのが億劫《おっくう》で、ぐすぐず言いながら拒否しようとしたのに、脅しとしか思えないことを言われて、仕方なくついてきた。

「笑顔でひとを脅すし……」

「脅し？」

ひどく心外そうに、向かいに座る男は奏流を見やった。

正方形のテーブルにかかっているのは白いクロス。小さなガラスの皿には水が張られ、赤紫色の蘭《ラン》をいくつも浮かべてある。天井は高く窓は大きく、かなり開放的な店内だ。高級すぎず、安っぽさもない店は、実に真継らしいセレクトだった。

料理はヌーベルシノアというジャンルらしい。ようは創作中華だ。真っ白な皿に、まるでフレンチのように料理が盛られてきていたが、コースも残るところはデザートのみだ。

「あのとき、俺が出かけないって言ったら、ヤバいことになってただろ」

周囲の耳を憚って、奏流は声をひそめた。隣の席はそう近くないが、声高にしゃべる内容でもないからだ。

「あなたにとっては、なっていたでしょうね。でも脅したつもりはないですよ。せっかく家にいるなら、有意義に過ごそうかと思っただけです。昼間の練習も、ひと息ついたところだったでしょう。気分転換は、どちらがいいか選んでいただいただけじゃないですか」

「それが脅しだって言うんだよ」

「見解の相違というやつですね」

あっさりと流して、真継はグラスのブレンドティーを飲んだ。車で来たので、もちろんアルコールはなしだ。この店のオリジナルティーとやらを、奏流と一緒に飲んでいるのだ。

真継は平日のようにスーツ姿ではない上に、髪も少しラフにしているから、年相応の青年に見える。ストライプのシャツに黒のスリムジャケットも、こなれた感じで実によく似あっていた。浮ついたところは微塵もない、だが遊び慣れた感じが漂っている。

普段が経済誌に載るようなタイプだとすれば、いまはメンズファッション誌だ。本当に載っていてもおかしくないと思う。

「あんたって、オンとオフで見た感じが変わるよな」

「そうですか？　まぁ、普段のあれは武装しているようなものですからね」

「大変？」

「いいえ。楽しいですよ」

嘘か本当かはわからなかった。真継が奏流に対し、仕事のことでマイナスの言葉を口にすることはないのだ。

ふっと息をつき、奏流はなにげなく視線を店内に向けた。大きな窓を背にして座る奏流からは、広い店内の様子がほとんど見渡せる。そのときに隣の客と目があい、逃げるようにして視線を真継に戻した。

「どうしました？」

「いや……」

思えばさっきから、隣の席にいる若い女性客たちは、ちらちらと何度もこちらを見ていた。視界の隅に、そのしぐさが映っていたのだが、奏流はあまり気に留めていなかった。彼女たちはとっくに食べ終わり、デザートもお茶も終わっているらしいのに、いつまでたっても席を立つ気配がない。定かな記憶ではないが、奏流たちが席に着いたときには、すでになにか食べていたはずなのだ。しかも前菜ではなさそうなものを。

女性とはそんなものなのだろうか。それとも観察されているのだろうか。

「あんたって、いつもそうだっけ？」

「なんの話ですか」

「たぶん横の女のひとたちが、あんたのことずっと見てる」

気軽に声をかけられるのは雰囲気ではないだろうが、見ている分には目に楽しい男だろうとは思う。好みはあるだろうが、とりあえず見た目に隙はない。もともとの容姿に加え、ここ数年で身に着けた事業家としての自信が、彼にますます堂々とした輝きのようなものを与えていた。

いまのところは奏流の父親の代理という立場だが、社内の誰もが、実質的に動かしているのは真継だと知っているらしい。社長である父親が三ヵ月も新婚旅行で不在にできるのも、真継がいれば問題ないと判断したからだ。帰国後は一応仕事に戻るようだが、それも会社から退く準備のためだろう。近い将来、真継は完全に会社を受け継ぎ、父親は代表権のない会長職にでも就くことになる。

そしていまの真継は、和久井ほどではないだろうが、取っつきやすい印象だ。女性からの秋波は当然だろう。

いままで何度か一緒に出かけたことはあるが、今日初めて気がついた。プライベートの彼は、実は結構女性受けするのかもしれない。

「そういえば、訊いたことなかったけど……いままで彼女とか、どうしてたんだ？　あ、もしかして男とか？」

家族同然だった十年間でも、真継の彼女の話は聞いたことがなかった。まさかいなかったはずはないから、上手に隠していたのだろうが、急に知りたくなってしまった。

「彼女も、それなりにいましたよ。あなたと会う前もいましたし、会ってからも……まぁ、そういう相手はいましたね」

「ふーん」

なんとなくおもしろくない。五年以上前から奏流を好きだと自覚していたくせに、しっかりとやることはやっていたわけだ。禁欲しろとまで言う気はないが、やはり楽しい話ではなかった。訊くんじゃなかったと後悔した。

「どうしたんですか、急に」

「別に」

「もしかして、嫉妬《しっと》してくれたのかな」

「そんなわけないだろ」

断じて違うと、心のなかで続ける。だが言いようのない不快感があることも事実で、自分ではその説明がつかなかった。あり得るとすれば、身内としての感情だろうか。

(弟として、兄貴を取られたくないとか。そんな感じ……?)

きっとそうだと無理に自分を納得させる。違和感は拭えないが、そこにも目をつぶり、意図して別のことを考えようとした。

ブレンドティーを飲み、窓の外を見る。天気はいいし、ぶらぶらと歩くのも悪くないだろう。ここのところ忙しくて、目的もなく歩くなんてこともしていなかった。まして真継と休日を楽しむのは初めてだ。

「ここ、出ないか？　少しぶらぶらしようよ」

「いいですね」

真継はふっと笑い、テーブルチェックをすませて奏流を外へ連れだした。相変わらずスマートで洗練されたしぐさだ。

レストランを出て、あてどもなく近くの店を冷やかした。この界隈は規模の大きな商業施設の一部で、上層階はオフィスだが下層階にはさまざまな店がテナントとして入っている。なにも買うつもりはないが、見て歩くだけでも楽しくて、奏流の機嫌もかなり浮上した。自覚していた以上に、真継の過去の話によって気分を害されていたらしい。

バッグを見たり靴を見たりして、服もいくつか手に取った。気に入ったものがあれば買おうかとも思っていたが、あいにく欲しいと思うようなものはなかった。

女性ものの服だけを扱う店は素通りし、続けてジュエリーショップも通り過ぎようとして、ふと奏流は足を止めた。店の入り口は狭く、店の間口のほとんどが壁という造りだが、窓のようにウィンドウディスプレイがあって、いくつかのジュエリーが置いてある。リングとペンダントヘッド、そしてピアスだった。

つられて足を止めた真継は、ディスプレイを見てから奏流の顔を目をやった。

「欲しいんですか？」

「違うって。このあいだ……俺の誕生日にピアスくれただろ？　もしかしてさ、こういうとこで買ったのか？」

「ええ。ここではないですけどね」

「なんか想像するとおかしいんだけど」

いまの真継なら違和感もないが、会社帰りだったとしたら、商談のように見えそうだ。いずれにしても、どんな顔をして買ったかのかは興味があった。

真継はじっと奏流の耳を見つめていた。そこにピアスはない。そもそもピアスホールが開いていないのだし、それを承知でプレゼントしたのは真継だった。

「まだ開ける気はないですか？」

「ないよ」

開けるときは、真継の気持ちを受けいれるときだ。

ディスプレイから視線を外し、奏流はまた歩き始めた。すると隣から、小さく舌打ちが聞こえてきて、奏流は耳を疑った。

いまの音は真継が出したのだろうか。彼は嫌味ったらしい溜め息をつくことはあっても、舌なんか打たないと思っていた。いや、そんな彼をいまのいままで想像できないでいた。もちろん奏流は真継のすべてを知るわけではないから、勝手な思いこみではあるのだが。

「真継……？」

「なんでもありませんよ」

肩を叩かれ、行こうと促されて踵《きびす》を返した。その背中に声がかかったのは、まだ何歩も歩かないうちだった。

「茅野くんじゃないか？」

そう若くはない男の声だった。

今度は舌打ちなどせず、溜め息すらつかず、真継は振り返って完璧な態度を取り繕った。舌打ちを聞いていなければ、奏流にもわからないほどの見事な仮面だ。

「これは、萩原《はぎわら》様。偶然ですね」

相手は小太りの初老の男で、見るからに高価だとわかるブランド品を身に着けていた。手にしたバッグはフランスの老舗ブランドのものだし、時計は同じくフランスの別ブランドだ。だがそれらの高級品は、あまり本人に似あっていなかった。品物だけが浮いているように思えた。

なんとなく感じが悪い男だ。本人のセンスもいろいろ突っこみたいところだが、なにより真継や奏流を見る目が、ひどくいやな光を帯びている。真継をくん付けで呼んだときも、親しさからではなく、どこか見下しているような気配が漂っていた。

それでも一応、頭だけは下げた。

「すぐにはわからなかったよ。仕事のときとは、ずいぶん違うんだね」

「そうですか？」

「どこの芸能人かと思ったよ。場所柄、ここらにはよく芸能人がいるからな」

「よくいらっしゃるんですか？　わたしは滅多《めった》に来ないんですが……」

「ああ、しょっちゅうね。そういえば君とも前に一度、来たことがあったんじゃないか。ほら、社長も一緒に。あれはもう、五年以上前だな」

「そうでしたね」

「ところで……そちらはもしかして、鷹宮社長の……？」

いきなり父の話が出て驚いた。戸惑いが態度に出たのか、まるで種明かしをするかのように得意げに、萩原という男は笑った。

「前の奥さんのことはよく知っているからね。顔でわかったよ」

やけに「前の奥さん」の部分の声が大きくて、ますます奏流は萩原への印象を悪くした。

奏流の両親の離婚は、父親が真継を跡継ぎに望んだことが原因だった。父親に他意はなく、真継の優秀さを見こんでのことだったが、奏流の母親は疑心暗鬼になってしまったのだ。真継が本当は隠し子なのではと疑ったり、彼の母親との関係も邪推した。そしてみるみる父親とうまくいかなくなり、そう時間もかからず破局してしまった。

奏流が性格的に経営者に向かず、なによりピアノで身を立てたいと思っていることを、母親だって知っていたはずなのに、真継の母親の美しさに不安を煽《あお》られてしまったようだ。その時点では本当に、父親と疚しい関係などなかったらしいのに。

「確かまだ大学生だったね」

「あ、はい」

「卒業したら、ホークに入るのかな」

「いえ。音大生ですので、音楽関係の仕事に就けたらと思ってます」

「ほう……そうなのか」

意外そうな、あるいは薄っぺらな同情を多分に含んだ目つきだった。馬鹿にされているとしか思えなかった。

どうせ奏流のことなどは、跡継ぎの座をまんまと赤の他人に奪われた、抜けたお坊ちゃんくらいに思っているのだろう。奏流の耳にも、その程度のことは入ってくる。実際はどうあれ、奏流は親類の一部などで哀れみと嘲笑《ちょうしょう》の対象となっているのだ。萩原という男は赤の他人だが、そのあたりの事情を知っていて、含むところがあるらしい。

そしてあらぬ中傷を受けているという点では、真継のほうがずっと激しかった。

「ああ、そういえば社長は例の女性と再婚なさったんだったな。豪華客船で三ヵ月かけて世界一周旅行だと聞いたんだか、本当なのかい？」

「本当ですよ。来月の頭に帰ってきます」

「はぁ……優雅なもんだねぇ。まぁ、優秀な跡継ぎがいるから、安心して行けるんだろうがね」

「いえ、とんでもない。まだ若輩ものですから」

目が笑っていないなと、隣で小さくなりながら奏流は思った。それは相手も同じことだ。どこの誰だか知らないが、ずいぶんと引っかかる言いかたをするものだ。だいたい鷹宮家の事情を知っているならば、真継の母親のことを「例の女性」などと言う必要がないではないか。

自然と目もとがきつくなっていた奏流に、ふいに萩原の視線が流れた。

「兄弟で仲よくお買いものかね」

「え……ええ、まぁ」

「そうか。わだかまりがなさそうで、安心したよ。しかし、お母さんは本当にお気の毒だったねぇ。

いまは、どちらに?」

「実家……だと思いますけど」

歯切れが悪くなってしまうのは、本当のところを知らないからだ。父親との離婚が決まって以来、奏流は母親と会っていない。いまどこでなにをしているのか、知らないのだ。年に一度、奏流の誕生日にカードが届くのみの関わりしかなく、そのカードにも住所は書いていない。もちろん実家に問いあわせればわかることだろうが、母親の態度が拒絶に思えて、積極的に行動できないでいるのだ。

そんな奏流の反応に、萩原は嘲笑を含んだ溜め息をつき、内ポケットから名刺入れを取りだした。そして一枚の名刺を奏流に差しだす。

「なにかあったら相談に乗るから、遠慮なく来なさい。力になるよ」

この男はなにを言っているのだろうかと、本気で意味がわからなかった。奏流に向けられる視線には、哀れみと蔑《さげす》みがあり、それでいながら親しみのようなものも含まれていた。初対面だというのに、まったくわけがわからない。

とにかく見ず知らずの男にこんな目で見られるいわれはない。奏流はその気持ちのまま、萩原を黙って睨み返した。

男は怯《ひる》みもせずに、わずかに眼を細めた。

「では、また。あっちで連れを待たせているんでね。じゃまして悪かったな」

「いえ、とんでもない。近いうちに担当者が伺うかと思いますので、そのときはまたよろしくお願いします」

真継は頭を下げて萩原を見送り、それを奏流は複雑な思いで見ていた。萩原が向かった先には派手な女性がいて、かなり不機嫌そうな雰囲気で待っている。三十代の前半といったところだろうか、いかにも水商売ふうの女性だ。

「行きましょうか」

充分に距離ができたと見ると、真継はすぐその場を離れた。まっすぐにパーキングへ行き、車に乗りこむ。

閉ざされた空間に入ると、ほっと息がこぼれた。

「さっきのあれ……萩原とかいうの、何者？」

もらった名刺には、聞いたこともない会社名が記載されている。有限会社で、萩原の肩書きは社長だ。奏流の父親のことを社長と呼んでいたが、彼もそうらしい。

「昔からの、うちのお得意さんですよ。大地主でね」

「ああ……」

ホークレンタリースの前身は不動産会社だ。数年前にパーキングやトランクルームなどの事業に移行したのは、真継の提案によるものだった。現状、それは成功していると言っていい。萩原の土地も一部はパーキングになっているのだろう。

「母さんのこともよく知ってるみたいだったけど」

「社長の話によると、お母さまにかなり熱を上げていたそうですよ。だから、いろいろと思うところがあるんでしょうね」

「ふぅん……。だとしてもさ、余計なお世話だよな。うちのことっていうか、あれは夫婦の問題なんだし、あのひとには関係ないことだし」

「自分を振って結婚した相手が、ああいう形で離婚なさったわけですからね。本当は社長に当たりたいところなんじゃないですか。再婚もしましたし」

「理解できない」

大きな溜め息をついてシートに身を沈め、奏流はぶつぶつと呟いた。

「だいたい、ああいう形って……あれは母さんの思いこみじゃないか。だって、あの時点ではなんにもなかっただろ？」

「そのようですね。わたしは部外者ですので、断言はできませんが」

「って、親のことだろ？　信じろよ」

奏流は父親のことも、継母《はは》になったひとのことも信じている。住みこみの家政婦だった彼女が、母親の目を盗んで父親と関係を持ったりなどということは、断じてないはずだ。あるいは精神的な部分で意識しあうことはあったかもしれないし、母親はそれを敏感に察し、心を乱したのかもしれないが。

「男女のことは当事者たちにしかわかりませんよ。まぁ、男女に限らず、恋愛は全部そうですけどね」

「……ふぅん。でも、あんな調子で大丈夫なのか？　あることないこと言われてるんだよな。きっとこれからだって……」

「社長が早く引退して、海外での生活を望んでいらっしゃるのは、騒音から母を守りたいからなんですよ」

「やっぱ、うるさいんだ……」

「口さがない者はいますからね。おもしろおかしく語る者もいるようですよ。前妻を追いだして後妻になった上に、前妻の息子を懐柔して蚊帳《かや》の外へやって、自分の息子をまんまと跡継ぎにした女……。だいたい、そんな感じですかね」

「ひどいじゃないか、そんなの……！　どこの誰がそんなこと言ってるんだよ。あんた、なんでそんな淡々と……」

ここで真継に文句を言っても仕方ないのに、口は止まらなかった。奏流より腹を立てていいはずの真継がなんでもないような顔をしているから、余計に熱くなってしまう。

「母は覚悟の上で再婚しましたし、わたしも承知で跡を継ぐことにしました。いいんですよ。言いたいことは言わせておけばいい」

「……納得できない」

奏流は継母になったひとのことも好きだし、真継のことも昔からとても好きだった。たとえ恋愛感情じゃなくても、本当に好いていた。だから納得もできないし、許すこともできない。

自らの手もとをじっと睨んでいると、横から真継の手が伸びてきた。

「ありがとうございます」

さらりと髪を撫でられて、思わず顔を上げた。地下のパーキングは明かりの届かない場所もあるが、相手の表情を見るには過ぎるほど充分だ。見つめる真継の顔は、珍しいほど穏やかで、不覚にも胸が高鳴った。

「な……なにが……？」

「わたしの代わりに怒ってくださったでしょう。ああ、母の分もですね」

「そんなのは当たり前だろ。家族……なんだから」

「家族……わたしもですか？」

「そうだろ？　籍は入ってないけど、家族じゃないか」

「わたしとしては恋人がいいんですが……」

真継は投げだしていた奏流の手をそっと握り、まず逃げられないようにしてから、笑みを浮かべたままの唇を寄せた。

「ここ、どこだと……っ」

さっきから目の前をひっきりなしに車が通っている。駐車位置のおかげで、ひとが通ることはないが、いつ見られても不思議じゃない状況だ。

真継は長い腕を伸ばして、ドア側にあるレバーを引いた。

「うわっ……」

がくんと背中が支えを失い、追うように後ろに倒れる。真継がシートを後ろに押したのだった。

「たぶん、これで見えなくなったんじゃないですかね」

「不自然だろ……っ？」

反論する奏流にかまうことなく真継は覆い被《かぶ》さった。口を塞がれて、こんな場所でするには相応《ふさわ》しくないほど濃厚なキスをされる。両手で肩を押してみたが、びくともしなかった。

キスくらいならばまだいい。だがそれ以上のことに及んだら、と思うと、冷や汗が出てくる。外ではされたことがないが、真継がどう出るのかは予測が付かない。

「んっ……ふ」

背中に手をまわしてドンドン叩くと、ようやく真継は顔を上げた。

「こんなことに大事な手を使ったらだめでしょうが」

「いや、別にこれくらいは……」

「機嫌は直りましたか？」

「え、あ……直ったっていうか、吹き飛んだっていうか」

目的がそれだったのかキスだったのか、あるいは一挙両得を狙《ねら》ったのかは定かではないが、とりあえず効果はてきめんだった。

「コンクールが近いんですから、あんなことで気持ちを乱す必要はないですよ」

「別に乱してないよ」

「だったら、いいですけどね」

むしろ奏流の心を千々に乱れさせているのは真継だ。この男の言葉や行動が、その存在そのものが、奏流を惑わせている。

そう言ってやろうかと思って、すんでのところで口を噤《つぐ》んだ。迂闊《うかつ》なことを口走ったら、増長されてしまいそうだ。

「本選は行きますよ」

「来てくれるんだ？」

「いつもそうしていたでしょう」

「あれは発表会とか、子供のころに出たコンクールだろ」

小学生のころは、母親に言われるままにいくつかコンクールに出ていた奏流だが、中学に上がってからは自分の意思で拒否した。思えばあの時期に奏流が自己主張をし始めたことも、母親を不安定にさせた一因だったのかもしれない。

とにかく教育熱心なひとだった。奏流のためにいまの部屋を造り、著名な人物を自宅レッスンに招いて、ピアニストにするべく情熱を傾けていた。

結局奏流は、なにひとつ彼女の希望通りにはならなかったけれども。

「……来てくれるのは、嬉しいよ」

「素直ですね」

「うん。いまちょっとだけ、ナーバスかもしれないな」

間近にある端整な顔を見つめて、気の抜けた苦笑を浮かべる。

もう一度キスされて、今度はおとなしく深いそれを受けいれた。無意識に両腕を背中にまわしていたことに気づいたが、下ろす気にはなれなかった。

張りつめた空気が、さっきからずっと奏流の緊張感を刺激している。

いまこの東都《とうと》ホールでは、完成記念のアマチュアピアノコンクールが始まっている。すでに半分近くが演奏を終えた。本選に出るのは二十名弱。棄権者が出たということで、予定よりも若干少なくなったことが、すでに発表されていた。

どうしてもこの雰囲気が好きになれない。逃げだしたいとまでは思わないが、いますぐ時計が一時間くらい進んでくれないかと願ってしまう。そうすれば奏流の出番は終わっているはずだ。

モチベーションが上がらない。このままでは、いざ舞台に上がったときにも、緊張に負けてしまうだろう。

空気に酔ってしまいそうだった。

受付をすませて控え室に入ってからは、誰とも話すことなく片隅でじっとしていた。奈津美とは別々に来たし、別室にいるようなので、まだ今日は顔もあわせていない。

完成したばかりのこのホールは大きく、それだけ客も入っている。ほとんどが関係者だが、協賛の新聞社が購読者に自由席チケットをばらまいたり、小学生と中学生を無料にしたりしたので、思っていたよりひとが入っているようだ。

(練習だと思ってればいいんだよ。気軽に、いつも通りに。別に失敗したってなにがどうなるわけじゃないんだし)

何度も心のなかで繰りかえし、深呼吸をする。落ち着いて見れば、周囲も似たようなものだ。もちろん平気そうな顔をしている者もいれば、がたがたと貧乏揺すりまでしている者もいる。目を閉じて集中している者もいた。

（まにあうかな……）

壁掛けの時計を見て、奏流は小さく嘆息する。

出先からかけつける予定の真継から、渋滞に巻きこまれたというメールが入ったのは、受付をする寸前のことだった。あれからどうなったのか、携帯電話をバッグに入れたままの奏流にはわからない。メールを打ったときの場所から考えると、かなり厳しい状況だと言える。

（手……震えてきた）

壇上に立つことがとにかく苦手なのだ。バーで弾くのが平気なのは、客がそれぞれに酒を飲んだり話したりしているからだ。もしも全員が無言で奏流を見つめてきたら、とても平常心で弾くことはできないだろう。

昔からこうだった。緊張に震えてしまい、よくミスもした。だが初めて真継が来てくれたとき、たまたま演奏がうまくいった。偶然だったのだろうとは思うが、それ以来、奏流にとって真継がいてくれることは、ゲン担ぎのようなものになったのだ。

真継がいれば失敗しない。それは思いこみだとわかっているが、大事なお守りのようでもあった。

やがて係員に呼ばれ、奏流は控え室を出た。

「あ……」

通路に出たところで思いがけず奈津美の姿を見て、奏流は少し表情を和らげた。鮮やかなブルーのドレスがよく似あっている。普段のメイクとは違うし、髪をアップにしているので、一瞬誰だかわからなかったほどだ。

「おーっと奏流くん。今日すっごい格好いいね。やっぱり王子さまだなぁ」

いつもより弾けた口調は、奏流を和ませようとしているのだろうか。彼女自身は顔もひきつっていないし、指先も震えていないようだ。

あまり緊張しないタイプだし、本番に強いと、自ら言っていた通りだ。

「奈津美さんもすごくきれいだよ。大人っぽい」

「ありがと。奏流くんのあとで行くからね」

「うん」

「今日はラヴェルは二人だけだったね。もうひとりは〈ソナチネ〉だし。奏流くんの〈洋上の小舟〉って、あたしすごい好きだよ」

「ありがとう」

ぎこちない笑顔を向けてから、ひとりになって目を閉じる。

励ましてくれたのが嬉しかった。自分だってその次に出番を控えているのに、当たり前のようにああいうことができる子なのだ。

少し和んだし、緊張感もいくらか薄れたようだ。だが気持ちが上がって来なかった。

（集中、集中）

呪文《じゅもん》のように唱え、大きく何度も深呼吸した。

真継は間にあったのだろうか。こんなことならば、本番前に電話をかけて、声だけでも聞いておけばよかった。

乱れた心のまま、時間はやってきた。拍手が聞こえ、前の演奏者が礼をするのが目に入ってきた。

奏流の番だ。名を呼ばれ、おかしな歩きかたにならないように気をつけながら、袖《そで》から出ていく。

会場の反応を気にする余裕などなかった。

（いた……！）

予定されていた席に、求める姿を見つけた。

休日スタイルの真継は、客席にあってもよく目立ち、おおよその場所を見ただけで、探す間もなく目に飛びこんできた。

自然と肩の力が抜けた。

客席に向かって礼を取り、ピアノに向かって位置を調整する。

場内はしんと静まりかえっていた。客の視線が自分に集中するのを感じながらも、さっきまでとは比べものにならないほど落ち着いていた。脚も指も震えていない。

真継がいるから今日も大丈夫。自分にまじないをかけ、奏流は静かに指を滑らせた。

周囲のことはもう頭から消え去っていた。

衣装のフォーマルスーツから私服に着替えると、ようやくすべてから解放されたという気がして、安堵の息がもれた。気が抜けたといったほうがいいかもしれない。

結果もまずまずだ。五位入賞は、奏流にしてみれば上出来だった。むしろ実力以上の結果ではないかと思う。二十人弱の出場者のうち、何人かはミスをしていたし、明らかに固くなっていた者もいた。だからこその結果なのだろう。

予想外だったのは、奈津美が優勝を逃したことだ。充分にうまかったと思うが、それ以上の者がいたのだからそれは仕方ない。

帰ろうとして廊下へ出た奏流だが、その前にと携帯電話を取りだした。奈津美に先に帰る旨を伝えようと思った。

だが本文を打ち始めようとした矢先に、控え室から奈津美が飛び出してきた。

「あー、よかった。いたいた」

「いまメール打とうかと思ってたとこだよ。支度早いね」

女の子だから、もっと時間がかかると思い、先に帰ろうとしたのだ。奏流も真継を待たせているし、それを奈津美も知っていた。

「だって頭もメイクもほとんどそのままだもん。着替えるだけなら、そんなにかかんないよ。それより、お兄さん紹介して」

「あ……うん」

心なしが語尾が上がっているように聞こえた。途端にもやもやとした気持ちが湧きあがり、返事は歯切れ悪いものになってしまう。

並んでエントランスまで出ていくと、すぐに真継のほうから奏流たちを見つけて近寄ってきた。

「ええと、紹介する。兄……の、真継。それで、こちらは藤代奈津美さん」

「はじめまして。奏流がお世話になっているそうですね」

穏やかな笑みを浮かべる真継に不自然なところはまったくない。敵意でも向けられたらどうしようかと思っていたが、杞憂だったようだ。やはり彼が気にしているのは和久井だけらしい。

「藤代と申します。こちらこそ、奏流くんには本当にお世話になってます。いろいろ助けてもらってるんです。えーと、お訊きになってます？」

「一応。でも惜しいですね。あなたのような可愛らしいお嬢さんが本当の彼女になってくださったら、わたしも安心なんですが」

そつのない笑顔に、奏流はあやうく目を瞠りそうになった。

よくもいけしゃあしゃあと言えるものだと思った。なんだかわけもなく腹が立ってきて、感情をごまかすために、奏流はゆっくりと息を吐きだした。顔がひきつりそうだった。

だが奈津美は、そんな奏流の様子にはまったく気づいていないようだ。

「うーん、実はわたしも甘えんぼなので、ちょっと厳しいかなーと」

「はは。つまり、この子もそうだということですか？」

「そう思いませんか、お兄さん」

「確かに」

目の前で自分の話をされ、ひどく居心地が悪かった。まして内容が内容だ。二十歳にもなって、甘えんぼなどと言われるとは思ってもいなかった。

「あの、前に……えーと一ヵ月前くらいに、お店の前ですれ違ってますよね」

「ええ。覚えておいでででしたか」

「もちろんです。やっぱりそうだったよ、奏流くん。あのときはビシッとスーツだったけど、今日は雰囲気がちょっと違う」

にこにこ笑いながら、奈津美は奏流と真継を交互に見た。

「休みの日は、だいたいこんな感じだから」

「そうなんだ。どっちにしても、すごく素敵《すてき》なお兄さんだよね」

「でも好みじゃないんだろ？」

「ご本人目の前にして、あたしにどう答えろって言うの。あのね、それはそれなの。個人的な趣味とは別に、客観的な意見っていうのがあるんだよ。だってこういうひとがお兄さんだったら、あたし間違いなく自慢するもん。意味もなく一緒に出かけるよ」

　確か彼女はひとりっ子で、兄弟――特に兄や姉に憧れていると言っていた。邪気のないその言葉に、奏流はほっとした。

「貸そうか？」

「そのときはダブルがいいな。奏流くんも一緒ね。両手に美形なんて最高」

　冗談を言う余裕ができた奏流に、奈津美も乗った。他愛もない会話を、真継は興味深そうな顔で聞いていた。

「じゃ、待ちあわせがあるから帰るね。両親がお祝いしてくれるんだって」

「気をつけて。あっ、今日はおめでとう」

「ありがと。ま、二位だけどね。奏流くんも入賞おめでとう。それじゃ、また来週ね。お兄さん、失礼しまーす」

　元気に手を振って、奈津美は駅へ向かって小走りに駆けていった。本当に元気だ。小さな身体で相変わらずエネルギッシュな子だと思う。

　見送っていた真継にも、彼女は好印象を残したようだった。

「なかなかユニークな子ですね」

「だろ？」

「我々のことは眼中にないようだ」

言いながら真継は奏流の手からガーメントバッグを取り上げた。持ってもらうほど重くはないのだが、あまりに自然に取られてしまったし、ここで取りあいをしても悪目立ちするだけと思い、おとなしく持ってもらうことにした。

「前に言ったろ？　あの子〈ｍｕｓｉｑｕｅ〉のマスターが好きなんだよ。ワイルドなタイプがいいんだってさ。うちのマスター、店で見たことあるだろ？」

「なるほど」

マスターの風貌《ふうぼう》を思いだしたのか、真継は大いに納得した様子だった。

近くに車を止めてあるというので、ふたりでそこまで歩くことにした。ホールのパーキングはすでに満車だったらしい。少し歩くが、ちょうど自社のパーキングがあったというので、そこにしたのだと言う。

ホール前のピロティーから道へ差しかかろうというときに、急に真継が背後を気にする素振りを見せた。

「なに？　真継、どう……」

「鷹宮さん」

どこからか聞き覚えのない声がした。

「は……？」

とっさに奏流は足を止め、肩越しに後ろを見た。

見知らぬ男が、まっすぐに奏流を見ていた。グレイのスーツを身に着けた三十代なかばくらいの男だ。目立つタイプではない、きちんとした雰囲気の男だった。

彼は真継にも軽く頭を下げてから、ふたたび口を開いた。

「鷹宮奏流さん、ですよね」

「はぁ」

「突然申しわけありません。わたしはCLHミュージックジャパンの桧垣《ひがき》という者なんですが……」

差しだされた名刺にも確かにそう書いてあった。この会社はヨーロッパ系レコード会社の日本支社であり、桧垣という人物は、いくつかあるレーベルのうち、ジャズやクラシックを扱うCLHクラシックスの人間であるようだ。

「少しお時間をいただけませんか。三十分ほどでかまわないんですが」

「あの、どういったご用件でしょうか」

相手はレコード会社、しかもクラシック部門の人間だ。それがコンクール直後にこうして声をかけてきた理由はなんだろうか。

戸惑いばかりが先に立つ。ここで舞い上がれるほど、奏流は自分の力を誤解してはいない。実際に今日も、なんとか入賞したレベルなのだ。

「いろいろとお話を伺いたいと思いまして。ご都合が悪いようでしたら、連絡先を教えてもらえませんか。後日、あらためて鷹宮さんとお話ししたいと思うんですが」

「大学に問い合わせていただければ、すぐに繋がると思うんですけど」

簡単にわかることだし、桧垣の立場ならば大学も喜んで繋ぎを取るのではないだろうか。自宅の住所を教えることは、隣にいる男がいやがりそうなのでやめた。

(あ、携帯でもいいのかな)

そこを確かめようとした矢先、桧垣が先まわりして告げた。

「携帯電話の番号でもいいですし、とにかく確実に連絡がつけば……」

さらりと大学のことを流す桧垣に違和感を覚えつつも、奏流は携帯電話の番号を教えようとした。話を聞くくらいならば、特に問題があるとも思えなかったからだ。

「わたしでは、いかがでしょうか」

「え？」

真継が自分の名刺を取りだし、桧垣に渡した。その行動より、プライベートなのに名刺を持ち歩いていることに、奏流は驚いてしまった。

そして桧垣も、急な言葉にとまどっていた。

「奏流の兄です。同居していますので、確実にお話は伝えますよ」

「お兄さん……なんですか」

「ええ。義理の、ですが」

笑顔の対応にはやはり隙がない。相手の立場が明らかなので、警戒はしていないようだが、歓迎しているという様子でもなかった。

桧垣は週明けに連絡を入れると言い置いて立ち去った。

パーキングまでの道を歩きだしながら、奏流はもらった名刺をもう一度見つめ、バッグ内のポケットにしまう。

「なんだったんだろう……」

「音大生にレコード会社が接触してきたんですから、目的は限られますよね」

当然のことだと真継は言うが、奏流には納得できなかった。自分の力がデビューに及ばないことくらい、誰よりもわかっているからだ。

「俺の実力じゃありえないよ」

「わかりませんよ」

「だとしたって、大学を通せばいいことだろ。なのに、避けたがってたよな」

「そうですね」

話しながら歩いているうちに、あっというまにパーキングに着いた。アイホークという見慣れたロゴが目に入る。ホークレンタリースが展開しているコインパーキングの名称だ。

「こういうのって、やっぱり自腹切るのか」

「いちいち面倒ですからね。プライベートですし」

真継は支払いをすませ、さっさとパーキングをあとにした。それでも一応は、場内に目を走らせていたように思えた。

すっかり気が抜けてしまった奏流は、ぼんやりと窓の外を眺めた。

ここ数日はアルバイトも控えさせてもらったが、これで心おきなく店へ行ける。平穏な日常が戻ってくるというものだ。

「あ……違うか……」

小さく口のなかで呟いたあと、ちらりと横目で真継を窺った。

この男がいる限りは平穏な毎日などないも同然だ。今日のために最近は抑え気味だったちょっかいも、たったいまから解禁となったのだから。

「そういえば……」

「ん？」

「あなたが舞台に出てきた途端に、会場から溜め息がもれていましたよ」

「溜め息？　そうだっけ……？」

まったく記憶にないことだった。袖から出ていったときは緊張していたし、真継を見つけたあとは、もう周囲のことなどシャットアウトしてしまったので、思いだそうとしてもまったくそのときの状況は浮かんでこなかった。

「俺、なんかしたか？」

「感嘆の息……という意味ですよ。美しかったですからね。見慣れているはずのわたしでも、目を奪われました」

「あ、あんた、なに恥ずかしいこと言ってるんだよ……っ」

しかも真顔だった。少しでも笑みを浮かべていたら冗談で片づけられたかもしれないのに、真継からはあからさまな熱しか感じなかった。

「事実を言っただけですよ。普段からきれいですが、舞台映えするるんでしょうね。ストイックそうなのに色気があって……」

「もういいって」

いたたまれなくなって奏流は手を振った。なぜ思いだしたようにそんな話を始めたのかは知らないが、恥ずかしくてとても聞いていられたものではなかった。

「それより、どこ行くんだ？　これって、うちのほうじゃないよな」

「じゃまの入らないところで、ゆっくりお茶でもと思いましてね。そのまま夕食というのはどうですか？　ああ、でもまっすぐ帰りたいというのでしたら、そうしますよ。わたしとしても願ったりです。何日もあなたに触れていませんからね」

「いや……行くし」

このまま帰ろうものなら、玄関をくぐった瞬間にいたずらが始まりそうだ。へたをすると、ガレージに入ってシャッターが閉まった途端かもしれない。そういう気配をひしひしと感じた。

「そうですか。ま、焦ることもないですしね。奏流さんもずいぶんと慣れてきたご様子ですし」

「慣れたんじゃなくて、無駄な抵抗をやめただけだ」

「無駄な抵抗ならしてるじゃないですか。そろそろ認めたらどうです？」

「なにをだよ」

「ご自分の気持ちを、です。気持ちがいいだけで、あれを許すあなたじゃないでしょう。少なくとも身体のほうは、とっくに馴染んでらっしゃるわけだし」

「その話ならもう聞かないからな」

「では、さっきの桧垣という男の話でもしますか」

あっさりと話題を変えた真継に、奏流は拍子抜けしつつも視線を向けた。

「なにか気になることでもあるのか？」

「あるというほどのものではないですが、多少の思惑はありそうですよね」

「思惑？」

「大学を通したくないのは、明らかでしたから」

「なんでだと思う？」

「わかりませんよ。ただ、直接のほうが、口説き落としやすい気はしますよね。大学や教授なんかの横やりも入らないですし、あくまで本人の了承さえ取れればいいわけです。相手は世間知らずのお坊ちゃんですから」

真継の言いぐさにムッとしつつも、奏流は冷静に言葉を返した。

「さっきも言ったけど、口説き落とそうとするほど、俺に演奏家としての価値はないと思うけどね」

吐き捨てる奏流になにを思ったのか、真継はそれ以上のことは言わなかった。彼なりの考えがあることは感じたが、奏流は訊きだそうとしなかった。どうせ桧垣から連絡があればわかることだし、問題を感じているようならば、その前に真継が断るはずだ。

だからいまは考えまい。奏流はこの瞬間にしか味わえない解放感に浸りながら、シートに身を任せて目を閉じた。

「あのさ……あれからなにか、変わったことあった？」

大学から駅まで歩く道すがら、奏流は隣にいる奈津美になにげなく尋ねた。不自然な態度にならないように、かなり注意した甲斐《かい》もあってか、奈津美がなにかに気づいた様子はなかった。

「なにか……って、なに？」

「だってほら、コンクールで二位になったわけだろ？」

更に問うと、納得したように奈津美は頷いた。

「んー、別に。一部からの視線が、ちょっと刺々《とげとげ》しくなったくらいかなぁ。あからさまに嫌味……っていうか皮肉言ってきたのもいたけど」

「いるんだ？」

「うん、いるよー。すごいねぇ、でもあのコンクールって、まだそんなにレベル高くないから、これからだよねー……みたいな」

「うわ、くっだらないな」

心底そう思った。嫌味だの皮肉だのを言っているひまがあるならば、もっと別のことに力を注げばいい、というのが奏流の考えだった。

「同感。言われるほど低くなかったよね、蓋開けてみたら。ま、変わったことなんて、そんなとこかなぁ。あとはスカウトなら来たけど」

「え？　それって、レコード会社？」

もしやと思って食いつくと、奈津美は露骨に顔をしかめた。

「それが違うの！　グラビアやんないかって。悪いけど胸ないよ、あたし」

「いや、別になくても大丈……」

じろりと奈津美に睨まれて、途中で慌てて言葉を呑みこんだ。

とにかく奏流のように接触されてはいないのだ。ますますわからなくなった。演奏家を発掘したいというならば、奏流よりも奈津美のほうだろうに。

「あ、あたし今日はこっちだから。マスターと和久井さんに、九時くらいに行きますって言っといて。今日は友達のところにお泊まりだから、遅くてもいいんだ」

「わかった」

手を振って奈津美を送りだし、奏流はふうと小さく溜め息をついた。

奈津美は高校の友達と食事に行くらしい。そのあとでその友達を連れ、〈ｍｕｓｉｑｕｅ〉に行くつもりなのだ。本来は金曜日にアルバイトを入れない奏流だが、今日は和久井から時間を取ってほしいと言われて、開店前に店へ行くことになっていた。

その前に、奏流にはもうひとつ約束があった。

地下鉄で移動するあいだ、少し緊張気味の自分に苦笑した。

週明けに桧垣から真継に電話があり、奏流との話しあいを求められた。用件は会ってからということになっている。

初めて降り立った地下鉄駅から地上へ出ると、指定されたホテルが道路を挟んだ向かいにあった。近くにＣＬＨのオフィスがあり、最初は社内でと言われたのだが、それは腰が引けると言ったら、このホテルのラウンジを指定された。

横断歩道を渡って建物のなかに入り、エレベーターでフロントのあるフロアまで上がった。横に長いらしいホテルの三階には、道路に面してラウンジがあり、壁もないのでほぼ全体が見渡せる。窓際の四人がけの席に、横並びに男がふたり座っていた。そのうちのひとりは先日会った桧垣に間違いなかった。

互いに頭を下げ、奏流は席に近づいていく。もうひとりの男は桧垣よりもずっと年上で、いかにも上司といった印象の男だった。

「すみません。あの、お待たせして……」

「とんでもない、時間通りですよ。どうぞ、おかけください」

勧められるまま向かいに着席すると、どうにも面接を受けているような気分になってしまう。スーツ姿の男がふたりいて、そのうちひとりは品定めをするように奏流を見ているのだから、居心地はかなり悪かった。

とりあえずオーダーをすませたあと、初対面の男が口を開き、名刺を差しだした。

「企画部の野崎《のざき》です。ご足労願いまして、ありがとうございます」

「いえ……あの、鷹宮奏流です」

もう一度頭を下げてから野崎を見ると、ひどく満足そうな笑みが浮かんでいた。不機嫌な態度を取られるよりはいいが、わけがわからなくてたじろいでしまう。

「奏流さんとは、実にいいお名前ですな。桧垣から話を伺ったときから思ってましたよ。これは、やはりご両親が音楽好きでいらっしゃるのかな」

「ええ、母が……」

「いや、素晴《すば》らしい。本当に当社の企画にぴったりだ。早速なんですが……桧垣から、概要と言いますか、企画の説明をしてもよろしいかな」

「あ、はい」

妙に上機嫌の野崎の視線を受けて、桧垣は企画書をテーブルに置いた。

「当社では、ですね。クラシックを聴かない層に、興味を持ってもらえるラインというのを企画していまして……」

特に目新しい企画ではないだろうと思ったが、もちろん口には出さない。奏流はおとなしく野崎の顔を見つめた。

「何人かのアーティストで、クラシックユニットを組ませたいと思ってるんですよ。実はすでに二人決まってましてね、ヴァイオリンとヴィオラなんです。コンクールにも出ている子たちだから、もしかしたら知ってるかな」

渡された企画書の数枚目には、二枚の写真が添えられていた。いずれも若い、奏流と同じ年くらいで、タイプは違うがどちらも見目のいい青年たちだ。だが顔にも名前にも見覚えはない。少なくとも同じ大学ではなさそうだということがわかるくらいだった。

「すみません……知りません」

「そうですか。ま、とにかく、三人か四人でやりたいわけです。あと何人か候補がいるんですが、こちらとしては、ピアノはぜひ鷹宮さんでいきたいなと」

「……あの、もしかして男だけのユニットですか？」

「はい。女性のみのユニットは、もう珍しくないですからね。これだけ若くてビジュアルの揃《そろ》う男性ユニットなら、いけると思うんですよ」

確かに奏流もいくつかのユニットが頭に浮かんだ。セクシーな衣装で弦楽器を演奏するカルテットはその代表格だろう。

ようやく納得した。ようするに顔で選ばれたということだ。添えられていた二枚の写真からも明らかだった。

「つまり……ビジュアル重視ということでしょうか」

「いや、もちろんそれだけではないですよ。クラシックの入門編として、質も大事にしたいと……」

奏流は曖昧に頷いた。入門というのは、言葉を替えればビジュアルで釣るという意味だろう。クラシックファンや上級者に向けて作るわけではないと言いきったようなものだ。

失望はなかった。最初から自分の演奏が求められているとは思っていなかったからだ。ただ、あからさまにルックスが欲しいのだという態度を取られるのは嬉しくない。

「気に入りませんかね。ビジュアルを売りにされるのは、演奏家としては心外……かな？」

話に加わってきた野崎に、奏流は苦笑してかぶりを振った。

「いえ。そういうことじゃないんです。この企画じゃなかったら、僕のところに話は来なかったでしょうし。自分の力はわかってるつもりです」

「だったら話は早い。こちらの彼らもね、理由なんかどうでもいいと言ってましたよ。芸能界に興味があるらしくてね」

先方の戦略としては、ネットやテレビも使い、このユニットを発信していくつもりだという。青写真はできあがっているようだ。

奏流は静かに嘆息し、頭を下げた。

「申しわけないんですが、お断りさせていただきます」

「興味ないですか？　それとも、やはりビジュアルを押し出すのに抵抗が？」

食い下がる桧垣に、奏流は静かにかぶりを振った。

「僕には無理です。大勢のひとに注目されてピアノを弾くのも苦手ですし、さっきも言いましたけど、お金を出して買ってもらえるような演奏じゃないですから」

「そう簡単に結論を出さなくてもいいんじゃないですかね。ユニットなんだし、基本的にはソロじゃないわけだし。まずは、あわせてみてからでも」

「すみません。やっぱり僕には身に余るお話です」

「待って」

テーブルの上に置いていこうとした企画書を、桧垣はなかば強引に奏流の手に押しつけた。

「これを持っていって、もう一度よく見てくれませんか。こちらとしても、どうしても君でいきたいんですよ。必ずまた連絡させてもらいますから」

「……すみません」

奏流はもう一度頭を下げてラウンジを出た。少しでも早く桧垣たちの視界から消えたくて、すぐ近くにあったエスカレーターを歩いて下った。

外へ出て、ようやくほっとできた。

足は自然と駅へ向かい、路線図を確かめて地下鉄に乗った。乗り換えることなく、すぐに目的の駅に着いた。

ゆっくりと歩きながら、桧垣たちの話を思いだした。

ピアノで身を立てたいという気持ちは奏流にもある。あの話はチャンスだし、現に了承した二人はそう思ったのだろう。

桧垣たちにはああは言ったものの、ビジュアルを売りにすることに抵抗があるのは事実だった。舞台での演奏、あるいはテレビといった媒体を避けたかったのも確かだが、やはりコンセプト自体への拒否感が強かったことは否めない。

（ある程度弾ければ、いいってことなんだろうな。プロのレベルじゃなくても……あー、いろいろと納得）

溜め息をつきながらビルの階段を上がり、店のドアを押した。約束の五時まではまだあるが、和久井は四時過ぎればいつでもいいと言っていたので問題はないだろう。

「こんにちは」

「あ……。ごめんな、せっかくバイトがない日なのに……」

目があうと、カウンターのなかにいた和久井はひどくすまなさそうな顔をした。すでに店内の清掃などは終わっており、いつでも開店できる状態となっていた。

「大丈夫ですよ」

「ジンジャーエールでいい？」

「はい」

カウンター席に座ろうとした奏流を、和久井は慌てて手で制した。

「ちょっと、あっちでいいかな。話があるからさ」

「あ、はい」

言われた通りにテーブル席で待っていると、両手にグラスを持った和久井がやってきた。彼も同じものを飲むようだ。

「そうだ。奈津美ちゃんが、九時くらいに友達つれて来るって言ってましたよ」

「ああ……そうなんだ。あー……あのさ、奈津美ちゃんとは偽装なんだよな」

「そうですけど」

いまさらの話題に奏流はきょとんとした。それは最初のころに言ったはずだし、彼女が誰を好きなくらいは見ていればわかるはずだ。なにしろ奏流の目にも明らかなのだから。

「だよな……。じゃあさ、いま付きあってるひとがいないって言ってたのも、ほんと？」

「いない……です」

ふっと真継の顔が浮かんだが、別に付きあっているわけではないので、大きく頷いた。すると両手で肩をつかまれ、探るような目をされた。肩というよりも腕といったほうがいいだろうが、とにかく強い力で正面からつかまれて、じっと見つめられた。

「本当に？　あのお兄さんは？」

「な、なんで兄が……」

当然のように真継のことを言われ、奏流はあからさまにうろたえた。だが和久井はその動揺を気に留めることなく、やや緊張を感じさせながら続けた。

「あの過保護っぷりが引っかかるっていうか、その……なんとなく、としか言いようがないんだけどさ。俺がそうだから、同じように見えちゃうだけかもしれないけど」

「え？」

「やっぱ、わかってないんだ」

苦笑を浮かべた直後に、和久井は奏流を引きよせ、そのまま腕に抱いた。

奏流は目を瞠り、閉じこめられた腕のなかで硬直する。

「いろいろ考えて、玉砕覚悟で言ってみることにしたんだ。俺さ、鷹宮くんが好きなんだよ。急にごめんな。どうしても言っておきたくてさ。それで、いやじゃなかったら、付きあってくれないかな」

「わ、和久井さん……」

「だめなら、なかったことにしていいからさ。バイト辞めるだけは、かんべんして」

ぎゅっと抱きしめられても、胸は騒がなかった。驚きはしたし、いまも落ち着かない気分を味わってはいるものの、それ以上の感情は生まれない。

いいひとだとは思う。だが違うのだ。

「ごめんなさい……」

今日は謝ってばかりだ。それも奏流に非がないことばかりで。

「理由訊いていい？　やっぱ、お兄さんのこと好きなのか？」

「っ……」

とっさに否定の言葉が出なかった。

好きなのかと第三者に言われ、曖昧だったはずの気持ちが本当はどこにあるのかが、はっきり見えてしまった気がした。

奏流は目を逸らした。

「本当は恋人……なのか？」

「違……っ、ん……」

和久井の手が腰に触れ、思わずびくっと身体が震えてしまった。感じたわけじゃない。むしろくすぐったさに近いものだったが、和久井は目を瞠り、そのすぐあとで抱きしめる腕をきつくした。

奏流の反応が、和久井を煽ってしまったようだった。

より密着した身体が、奏流から余裕を奪う。

もがく身体を押さえつけ、和久井は強引に奏流の唇を奪った。

「いやっ……だ……！」

渾身《こんしん》の力を込めて、奏流は和久井を突き飛ばしていた。自分のどこにこれほどの力があるのかと思った。

茫然としたまま、和久井は奏流を見つめていた。拒絶されたショックというよりは、自分のしたことが信じられないという様子だ。

どちらも口を開かず、ある程度の距離を保ったまま微動だにしなかった。互いに動くのが怖かったのだ。和久井は歯止めの利かない自分を、そして奏流はそんな和久井を警戒していた。

均衡を破ったのは、ドアが開く音だった。

「おはようさん」

いつもの調子で入ってきた保科に、思わず全身の力が抜けた。それは和久井も同様で、彼の場合は

安堵と落胆の入りまじった複雑な表情になった。

保科は奏流を見つけると、少し意外そうに眉を上げた。

「お……なんだ、どうした？　今日は客で来てんのか？」

「い、いえ……」

様子がおかしいことに、保科はすぐに気づいたようだ。ガリガリと頭を掻き、小さく舌打ちした彼は、呆れ顔で和久井を見やった。

「おまえ、なにやらかした。ん？」

「……告白しました」

「それだけか？　にしちゃ、ずいぶん怯《おび》えてねぇか？」

保科は驚きもせず、さらに和久井を追及した。

だが和久井は答えない。視線を床に落としたまま、頑なに口を噤んでいた。ならばと保科は奏流を見たが、奏流だって言う気はない。

仕方なさそうに溜め息をつき、保科はカウンターのなかに入った。

「まぁ、いい。訊かないでやるよ。まったく、いつ言うか、いつ言うかって思ってたが、和久井も意外にだめだな。冒険しろとは言ったけどな、相手を怖がらせろとは言ってねぇぞ」

「し……知ってたんですか……？」

奏流は保科と和久井を交互に見つめた。和久井に驚いた様子はないから、彼は承知していたのだろう。

「そんなもんすぐわかったよ。つーか、ひと目惚《めぼ》れだろ？」

「ええ、まぁ」

「だよなぁ。必要以上に親切だったもんな。わかりやすいわ。で、ふられたわけか」

「まだわかんないですよ」

「って、言ってるけど、どうなんだ？　ふったんだろ？」

実際そうだが、さすがに肯定するのはどうかと思った。もちろん否定などするわけもなく、奏流は黙っていた。

それを保科は肯定と取った。

「ま、脈はねぇと思ってたよ。どうせあれだろ、一回来たことある、あのすかした兄貴とできてんだろ？」

「なっ……」

形だけは尋ねる口調だったが、その目がはっきりと断言していた。疑いつつもあくまで尋ねていた和久井とは違い、保科は否定を許さないほど自信たっぷりだ。

「ああ、やっぱそうか。おまえも大概わかりやすいな」

「ち、違います……っ」

「ふぅん？　ま、いいや。男同士だろうと兄弟だろうと、俺には関係ねぇしな。うちの仕事に支障がなきゃいい」

まるで突き放しているようだが、理解があるのは確かなようだ。恋愛に対してリベラルなのかもしれない。和久井の気持ちにずっと前から気づいていて、咎めるでもなく嫌悪感を抱くでもなく接していたのだから、保科にとって同性愛は大したことではないのだろう。

煙草に火をつけて煙を吐きだし、その手でまた彼は頭を掻いた。

今年四十になったという彼は、その年よりは若く見えるが、こなれた大人の男といった気配を強く匂わせる。年齢が半分だというハンデをものともせず、奈津美が夢中で追いかけているのも納得の男だった。

「あんまり深刻に考えるこたねぇからな。こいつはな、惚れっぽいんだよ」

「ちょっ……なに言ってんですか。違いますよ。俺はちゃんとマジですって」

慌てて和久井は声を張った。自らの本気を奏流に疑われたくないのだ。

「誰もマジじゃねぇとは言ってないだろうが。好みのタイプ見ると、男でも女でもすぐ惚れるって言ってんだよ。違うか？　うちに来て何人目だ？　もう客減らすなよ」

「……わかってますよ」

「従業員もな」

保科がちらりと奏流を見た。どうやら過去に、和久井の恋愛のいざこざで客を逃がしているような口ぶりだ。そして従業員というのは奏流のことらしい。

「辞めんなよ」

「は……はい」

「今日はヒマなのか？」

「特に予定はないですけど……」

「じゃ、晩メシでも食ってけ。ピアノで遊んでてもいいしな」

「はぁ」

保科のペースに呑まれ、奏流は頷いていた。和久井と二人きりではないのだし、むしろ気が紛れていいかもしれないと思った。ひとりになったら、ＣＬＨからの話や和久井の告白のことを悶々と考えてしまうに決まっている。もうしばらくここにいて、真継が帰っているころを見計らって帰宅すればいい。

奏流はようやくジンジャーエールに口をつけ、ふっと息をついた。氷が溶けて少し薄くなっていたが、渇いた喉には炭酸の刺激が心地よく感じた。


帰りは十時過ぎになると真継がメールで知らせてきたのは、店の営業が始まって少したってからだった。

九時過ぎまで店にいて、友達を連れてきた奈津美と顔をあわせてから帰ってきた。

今日は客としていたのだが、開店前には練習のためにずっとピアノを弾かせてもらっていたし、客が来てからも、リクエストされれば気軽に応じた。保科は無視してもいいと言ってくれたが、奏流としてはなんの問題もなかった。

「ただいま」

誰もいない家に帰り、最初にバスルームへ行く。髪や服についている煙草の匂いを、まず落としたかった。

バスタブに身を沈め、ぼんやりとしていると、自然と今日のことを次々と思いだす。

溜め息がバスルームに大きく響いた。

和久井にキスされた唇に指で触れ、奏流は無意識に眉根を寄せた。

いやだった。キスもそうだが、抱きしめられることにも心地よさを感じなかった。相手が同性だからと言うならば、真継のことはどう説明するのか。

真継にされることは、最初からなにもかも平気だった。キスや抱擁どころか、ひとには言えないこともさんざんされているのに、本気でいやだと思ったことは一度もない。

そしてあれだけ親しくしている奈津美にも、癒されこそすれ、欲望を抱いたことはまったくなかった。

とてもいい子だと思う。可愛くて明るくて、さっぱりしていて優しい。友達として申し分ないし、きっと彼女にしても楽しいだろう。だが客観的にそう思うだけなのだ。彼女がマスターに夢中になっているのを見ても、いやな気分になったことは一度もない。

奏流が身も心も反応するのは、真継だけ。それは否定しようもない事実だ。

「真継……」

口に乗せた名前は思いがけず甘くて、奏流はひどくうろたえた。

慌ててバスルームから出て、バスローブを身に着けた。五重のガーゼ地のそれは、少し前に真継が買ったものだ。下心が透けて見えていたが、肌触りがよすぎるほどいいので、気がついたら愛用品になっていた。

ペットボトルの水を持ち、奏流は自室に行った。

気持ちを落ち着かせるために、ピアノに向かう。なんとなくこれにしようと思って弾き始めてから、自分のセレクトに笑みがこぼれた。

「松雪草《まつゆきそう》……か」

初めて舞台上でミスなく弾けた曲だった。その喜びと、緊張から解き放たれたという嬉しさで、終わったあとはかなりのハイテンションになったことを覚えている。十歳のときだ。

（真継が来てくれたんだよなぁ……）

懐かしさに浸り、くすりと笑みをこぼしていると、ドアをノックする音がした。

現れた真継はスーツの上着だけを脱ぎ、ネクタイを緩めただけの格好だ。着替えもせずここへ来たようだ。

「おかえり」

「ずいぶんと懐かしい曲でしたね」

防音のドア越しに少し聞こえていたらしい。覚えているんだと思ったら、なんだか妙に嬉しくなった。

真継は奏流の横まで来て、しっとりとした髪に手を伸ばした。

「よく覚えてたな」

「あのとき、かなり喜んでいましたからね。初めて失敗しなかった……って、可愛らしくわたしに抱きついてきたんですよ」

「そうだっけ……？　それはちょっと覚えてない……」

「ひどいですね。あなたが自分からわたしに触れてきたのは、あのときが初めてだったんですよ。それまではどこか遠慮がちでしたからね。一気に距離が縮まったよう気がしたものです」

どうやら真継にとっては特別な思い出であるらしい。その当時は恋愛感情などなかったと言うから、身内としての喜びだったのだろうが。

優しげな笑みが、ふいに真顔に近くなった。

「会ったんですよね、今日」

「うん」

取り次いだのは真継なので、ＣＬＨとの話しあいがあったことは当然知っている。ただし和久井に呼びだされたことは黙ってあった。

「どんな話でした？」

「クラシックユニットの話だった。俺と同じ年くらいの顔のいいのが二人決まってて、ビジュアル押しで行くみたいで。断ったけど」

「ああ、なるほど。音楽性は二の次で、とりあえずアーティストの顔で女性にＣＤを買わせようという魂胆ですか」

「うん」

「まぁ確かに、この顔は目を付けられるでしょうね。企画書かなにか、ないんですか？」

「あ……バッグ。帰り際に無理矢理押しつけられた」

視線が今日持っていたバッグに向かうと、真継は開けますよと断って、なかから企画書を取りだした。すべてに目を通し終わると、ふんと鼻を鳴らし、紙の束をピアノの上に置いた。

「なかなか俗っぽそうな企画ですね。確かに徹底して容姿を重視しているようだ。なかなかのレベルじゃないですか」

「見てくれが、だろ？」

「わたしはこの二人の実力を知りませんからね。興味もないですし。まぁ、もし並んだとしたら、あなたは体格的には見劣りするでしょうけどね。ふたりとも背が高そうですよ」

「そんな写真でわかるのか？」

「だいたいの判断はできます。でも、よかったんですか。わたしとしては断ってくださって、ひと安心ですがね」

「自分で言うのもなんだけど、根性ないからさ。正直なとこ、もしちょっとでも俺のピアノになにか言ってくれてたら、少しは違ったかもしれないけどね」

思わず自嘲の笑みがもれた。

桧垣たちが欲しいのが奏流の容姿だったとしても、やはり一言くらいは演奏に触れて欲しかった。正直な気持ちだった。

「わたしには技術的なことはわかりませんが、あなたのピアノは好きですよ」

「……ありがと」

ひどく面映ゆい。思えば奏流が自分の限界に気づいて落ちこんでいたときに、好きだと言ってくれたのも彼だった。滅多に言ってはくれないし、音楽性云々《うんぬん》ではなく、奏流のピアノだからという意味あいが強いような気もするが、肝心なときに言ってくれるから、いつも心に染みこんでくる。

ほっこりとした気分になっていると、静かな声で真継は言った。

「なにか、弾いてくれませんか」

「いいよ。なに？」

「なんでも。いまの気分で……というのはどうですか」

「いまの気分……」

奏流は少し考えてから、鍵盤《けんばん》に指を戻した。だが弾こうとして、なんとなく違うなと思った。喜びとは少し違う気がする。弾むような明るい気持ちではないし、激情というわけでもない。なんだろうと首を傾げていると、真継の手が頬を撫でた。

身体の深い部分がざわりと騒ぐ。頬にあった手が首まで下りると、鼓動までが速まってしまう。真継は屈《かが》むようにして奏流の耳に唇を寄せた。

「どんな気分なんですか……？」

甘い声が奏流を誘い、ごまかしきれない官能の気配が全身を捉える。まだなにもされていないと言っていい状態なのに、身体は熱を持ち始めていた。

いまどんな気分かと問われても、答えられるはずがない。ただ心より先に身体が真継に引きずられていることだけは確かだ。

「っぁ……」

耳を噛まれて、小さく声が上がる。声はかすかだったが、身体はびくっと大きく反応してしまい、真継の笑みを誘った。

「いやらしい気分ですか？　それとも、うんといやらしいことをして欲しい気分かな」

「あ……」

首から胸に下りた指が、胸の一点に触れる。布越しの弱い刺激にさえも、奏流の身体は肌が粟立つほどに感じてしまう。

もどかしい。もっとして欲しいと、確かにそう思っていた。

いまの気分は、間違いなく真継の言った通りだ。どちらも正しかった。

「そんな顔をすると、我慢できなくなりますけど、いいんですか？」

「いつも……しないじゃないか。好き勝手にやるくせに」

「最後までしますよ、という意味です。そろそろ入れさせてくれませんか？」

「い……入れ……」

ストレートな欲求に、奏流は動揺しつつも、どこかで納得していた。来るべきときが、とうとう来たのだと思った。

「あなたのなかで、いきたいんです……」

「んっ」

耳もとで囁かれて、背中をぞくぞくと震えが走る。鼻に抜ける息は声に近くなり、下肢がじわっと熱くなった。

声が愛撫になるなんてずるい。故意にやっているから余計に質《たち》が悪い。

奏流は目を閉じて甘い余韻をやり過ごした。

真継が身を離し、胸にあった手をふたたび頬や顎のあたりに戻しても、目を閉じたまま身じろぎひとつしなかった。

「なにか言わないと、都合よく受け取りますよ？」

最後の警告なのだとわかっても、奏流は黙っていた。待っている自分を認めはしたが、とてもそんなことは口にできない。

怖いとは思わなかった。たとえなにかが変わるのだとしても、もう引き返す気はないし、真継と最後まですることで、自分の気持ちを確認したいとも思っていた。抱かれたら、はっきりするような気がした。

真継が奏流の手を拾いあげ、恭しいほど丁寧にその指にキスをする。

ようやく目を開け、じっと真継を見あげた。理知的な彼の目のなかに、確かな欲望の色を見つけて、ますます身体が熱くなる。

導かれるまま立ちあがり、腰を抱かれてベッドへ誘われた。

使い慣れたベッドに背中を受けとめられながら、コトリとナイトテーブルに眼鏡が置かれる音を聞いた。

レンズ越しではない目に見つめられると、やけに照れてしまう。

バスローブのベルトがほどかれ、左右に大きく開かれる。下にはなにも身に着けていなかったから、すべてを真継の目にさらすことになった。

彼はふっと笑った。

「準備万端だったということですか」

「そんなんじゃない」

風呂上がりなのだし、下着をつけないことくらいある。普段ならまずないが、今日はピアノの前に直行してしまったから、そのままになっていたのだ。

見つめられるのはやはり恥ずかしいが、最初のころほどではなくなっている。これも慣れというものだろう。

ネクタイを外して床に落とした真継は、奏流に覆い被さって唇を重ねた。

舌を絡めてくるキスに拙《つたな》いながらも応じると、そこから甘さを含んだ陶酔感がじわじわと全身へ伝わっていく。

「ん、ん……」

もう何度しているかわからないくらい、真継と唇をあわせてきた。ほとんど毎日のことだから、抵抗などとっくになくなっていた。

真継はキスがうまい。それだけ経験があるのだと思うと少しおもしろくなかった。淡白そうな顔をしているくせに、この男はイメージを見事なまでに裏切っている。いつどこで覚えたのかと、問いただしたいくらいだ。

歯の付け根や口蓋《こうがい》を舐め、舌先を捉えて触れあわせ、真継は奏流の口腔《こうこう》をたっぷりと犯した。荒々しさなど欠片《かけら》もないのに、まるで貪《むさぼ》るようなキスだと感じてしまうのはどうしてなのだろう。

名残惜しげに離れた唇は、顎から首へと下りて鎖骨で一度止まると、軽く噛み痕《あと》を残して胸へと辿《たど》りついた。

舌先がぐるりと粒の周囲を舐め、予告をしてからまだ柔らかな突起に絡んだ。

「あっ……ぁん」

たちまち尖ったそこを吸われて、こらえきれない甘い声がこぼれる。愛撫されることに慣れたそこから、じわんとした痺れが指の先のほうまで広がっていく。それは少しずつ毒のようにまわり、奏流の理性を麻痺《まひ》させてしまうのだ。

いじられればいじられるだけ、敏感になっていくような気がしてならない。

両方の胸を指と口で愛撫されると、泣きだしたいほど感じて、触れられてもいない前や後ろが疼き始めてしまう。

指が突起を挟んできゅっとつぶし、反対側には歯を当てられる。痛みの少し手前の刺激は、奏流にとって快感でしかなく、喘ぎ声を上げながらシーツに指を食いこませた。

「つぁ……、ふ……あ……」

そこばかり執拗にいじられ、気がつけば視界がぼやけていた。

無意識に自らに伸ばそうとしていた手は、真継によってあっさり捕まえられてしまった。

「いたずらはいけませんよ」

「や……だって……」

「すぐに舐めてさしあげますから、いい子で待ってなさい」

真継は奏流の膝に手をかけ、わざとゆっくり左右に割った。羞恥心を煽るやりかたは、彼の癖のようなものだ。

慣れてきたとはいえ、明るい室内で恥ずかしいとこを凝視されるのはやはりたまらなくて、身体には無意識に力が入った。寛げただけのバスローブの前をあわせようとしたが、その手もまた真継に止められた。

「あまりいたずらが過ぎると、縛りますよ。手に負担がかからないようにやる方法だってありますからね」

言いながら真継はバスローブを取り去り、足下へ放りだした。そうして奏流の脚のあいだに身を置き、中心にそっと口を寄せた。

「あ、ぁっ……」

下から上へと舐められて、濡れた声が抑えられない。

絡みつく舌に、そして包みこむ頬の粘膜の柔らかさと熱さに、奏流は身体中の力が抜けていくのを感じた。

指は根もとの膨らみで遊んだあと、ふたたび胸へと戻っていく。

敏感なところを同時に攻められ、弱い身体はたちまち煽られてしまう。少しずつ自分というものの器が輪郭をなくしていくような気さえした。

強く吸われて、奏流は泣きそうな声を上げた。

「も……い、く……いっちゃ……う……あっ、ぁ――っ」

快感に抗《あらが》うすべはなく、奏流は瞬く間に限界まで追いつめられた。尖らせた舌が奏流の先端を抉《えぐ》ると、絶頂感が身体を駆け抜けた。

吐きだしたものは真継の口に受けとめられたあと、彼の指に移される。

弛緩《しかん》して投げだした脚をさらに開かせ、真継は濡らした指で最奥を撫でた。

何度も入り口を撫で、ほんの少しだけ先を入れる。だがそれは最初の関節くらいまでで、深く入りこむことはなかった。

「まさ……つ、ぐ……」

ひどく焦れったい。中途半端に与えられる愛撫に、火のついた身体がせつなげに揺れた。

もどかしげに腰を捩るさまに、真継は目を細める。無意識の媚態は、彼にとって誘っているようにしか見えなかったのだ。

「本当に素直で、可愛らしい」

「ぁあ……ん」

浅いところで指を動かされ、胸にもまた深いキスをされる。

そうやって触れられると、深いところが疼いてしまって、どうにもならなくなってしまう。じっとしているのもつらいような、たまらない疼きだ。

奏流は濡れた目で、懇願するように真継を見つめた。

疼きはどんどんひどくなって、泣き声まじりの喘ぎになる。そうなってからようやく長い指が挿入された。

「あ、ぁっ……う、ん……っ」

奥まで優しく抉られて、奏流のそこは喜びに震えた。深くまで入ると、今度はゆっくりと引きだされる。それを繰りかえすあいだも、真継は胸を愛撫し続けた。

異物感ばかりだったものが、少しずつ違う感覚に取って代わろうとしている。

身体が熱くてどうしようもない。

ぐるりと指でなかを掻きまわされて、奏流の腰は勝手に跳ね上がった。

腰が揺れるのは、教えられてのことではなかった。無意識のうちに、身体が自ら内壁を指に擦《こす》りつけようとしていた。

「ひっ、ぁあ、ん……や……ぁっ」

一番弱いところに指があたり、奏流は悲鳴を上げてのたうった。さっきいったばかりなのに、また腰に熱が溜まってくる。

夢中になって快楽を味わう身体は、与えられるほどに貪欲《どんよく》になり、もっと深く激しい感覚が欲しいと望み始める。

だが真継はさらに指を増やし、気が遠くなるほど長くそれを動かした。

奏流はとろとろに蕩《とろ》けさせられ、みっともないくらいに喘ぎ、涙で目を潤ませる。

指が動くたびに淫猥《いんわい》な湿った音がするが、それを恥ずかしいと感じる気持ちはとっくになくなっていた。

「や、っ……だ……いつ、まで……それ……」

まるで焦らされているようだった。いつもなら、とっくにいかせてもらえていた。

「目的が違いますからね。まぁ、でも……そろそろいいかな」

「んんっ……」

一気に指が引き抜かれ、奏流は大きく息を吐きだした。ほっとする一方で、喪失感に似たものを感じていることも否定できない。

服を脱ぎ捨てた真継は奏流の脚を抱え、浮かせて腰の下に膝を入れた。

「息を吐いて……」

「いっ……ぁ、あ……」

指でさんざんいじられた場所から、ゆっくりと真継自身が入ってくる。じりじりと開かされる感覚に、奏流は短い悲鳴を上げた。

痛みは平気だ。でも異物感と苦しさに泣きそうになった。

真継は腰を進めながら、奏流の前を手でゆるゆると擦りあげる。そうされることで奏流の身体からは力が抜け、より挿入が楽になった。

奏流を傷つけまいと、真継はかなり慎重だ。それは余裕などまったくない奏流にもはっきりわかることだった。

「大丈夫ですか？」

最後まで入れると、真継は労るようにそう尋ねた。

「うん……」

苦しいが、それだけではない。満たされるというのはこういうことかと、たったいま奏流は身体で実感していた。

奏流の好きな手が、宥めるようにして髪を梳《す》く。落ち着くのを待っているのだろう。ときどき思いだしたように奏流が喜ぶところに触れて、小さな声を上げさせた。

肌の上を滑っていく手が、腰にまで下りた。膝の内側にキスをした真継は、それが合図だったとでもいうように、ゆっくりと奏流を穿《うが》ち始めた。

「ひぁっ……う、あぁ……っ」

収まっていたものが引き出されていく感触に、ざわりと鳥肌が立った。

快感と言えるようなものじゃない。だが嫌悪感でもなかった。曖昧な感覚に奏流はぎゅっと目を閉じ、その直後に深々と突きあげられて、声を放ちながら喉を反らした。真継は手で前もいじって、ふたたび形を変えさせていた。

前を扱かれながら繰りかえし後ろを突かれ、だんだんと感覚がおかしくなってくる。苦しさと気持ちよさが混じりあい、奏流の身体はどの感覚を信じたらいいのかわからなくなっていく。

「ん、ぁっ……あん」

奏流の身体は快楽を選び、それだけを拾おうと貪欲になった。だんだんと後ろさえ気持ちがいいような気がしてきた。

そんな変化には真継も気づいたらしい。

膝が胸に付くほど深く奏流の身体を折り、前だけでなく、ときおり胸も触って、激しく腰を打ちつけた。

「気持ちいいんですか……？」

芯《しん》を蕩けさせるような、官能を帯びた響きが耳を攻める。腰のあたりから、ずくんと身体が疼いてしまった。

「あぁ、ん……っ」

「よさそうですね」

ふっと笑い、真継は奏流自身に指を絡めた。そうしてますます奏流を絶頂へと追い立てていく。

とっくに理性は溶けだして、揺さぶられるまま奏流も腰を振った。両手は縋るように真継の広い背中にまわした。

本当に羨ましいほど広い背中だ。それを抱きしめていられる自分に、たまらない幸福感を覚える。

これが自分にものになるなら、なにをされたってかまわないと思った。

「あっ、や……も……ぁあぁ……！」

巧みな指が先端を抉り、二度目の絶頂が訪れる。空白が自分の中に落ちてくる感じがした。そのすぐあとに、真継が奏流のなかで弾けた。

びくびくと腿のあたりが震え、それがなかなか止まらない。痙攣《けいれん》しているのだと気づいたのは、それが収まったあとだった。

真継は奏流のなかから出ていっても、身体は離さずに抱きしめていた。そうして触れるだけの優しいキスをあちこちに降らせ、甘く名前を呼んでいた。

「は、ぁ……」

どのくらいたったのか、ずいぶんと息が整ってきたあとで、奏流はゆっくりと目を開けた。ずっと見つめていたらしい真継と目があい、恥ずかしくなって目を逸らしてしまう。

咎める様子はなかった。むしろ真継は楽しげに微笑んでいる。

「愛していますよ。奏流……」

初めて呼び捨てにされた。ただそれだけのことなのに、舌の上に甘いものが乗せられたみたいに思える。

奏流はゆっくりと呼吸を繰りかえしてから意を決した。

真継みたいにさらりとなんか言えない。他人からみればなんでもないことだろうが、少なくとも奏流にとっては一世一代の告白だ。まして顔を見たら、喉まで出た言葉も引っこんでしまうだろう。

髪を撫でる真継の手をそっと捕まえて、奏流は自分の頬に導いた。視線は背けたままだった。

「お……俺も、好き……みたい」

最後まで言えるか言えないかのうちに、唇を塞がれた。

奪うわけでもなく貪るわけでもなく、キスはいかにも感極まったという感じで、いままでされたことがないほど感情的だった。情熱的と言い換えてもいいかもしれない。

「んっ、ちょ……苦し……」

やっとのことで解放してもらったときには、奏流の息はまたも乱れていた。

「ようやく、でしたね」

最初から彼は自信たっぷりだった。いずれ奏流が落ちることを微塵も疑っていなかったのだ。だが奏流にとって、これはきわめて予定外のことだ。

「そんなつもり、なかったんだけどな」

「自覚がなかっただけですよ。最初から、わたしのことは好きだったでしょう。意味は違っても、誰よりもね」

そう断言した男に、反論することはできなかった。おそらくそれは間違っていない。奏流はまんまと、好きの意味を書き換えられてしまったのだ。あるいはもともと素養みたいなものはあったのかもしれないが。

「ところで……ひとつ、いいですか？」

「なに？」

「どうして、わたしを受けいれる気になったんですか？」

「え？　どうして……って……」

なんだっけ、と記憶を手繰りよせ、頭にぽんと和久井の顔が浮かんできた。彼にされたことだけが理由ではないが、きっかけになったことは確かだった。

だが言うのはまずいだろう。和久井に告白されたことや、キスをされたことは、真継には知られないほうがいい。

「別に……どうして、ってこともないけど」

真継のパターンはいやというほど知っているから、ごまかすしかないと思った。彼は意外に嫉妬深くて独占欲も強く、奏流に近づく人間に対しての警戒心も相当なものだ。和久井はあやしいと、たった一回会っただけで断言していた。取りあわなかった奏流が、いまさら告白とキスをされたなんて言えるわけがない。

「きっかけがないと、動かないひとだと思いますけどね」

「そんなことは……」

「あるでしょう？　わたしが何年あなたを見てきたと思ってるんです？　まぁ、いい。必ず口を割らせますよ」

覆い被さってきた真継の目に、不穏な光が見えた。

「な、なに……？」

「方法はいくらでもありますからね。とりあえず、続きをしましょうか。話す気になったら、いつでも言ってください」

耳に触れる声と、直接脚のあいだに入ってきた指に、奏流はびくっと大きく全身を震わせる。

気づいたときには、もう完全に捕らえられてしまっていた。

「行ってきます」

「気をつけて」

大学の近くで車を止めてもらい、奏流はシートベルトを外した。

来週には両親が帰ってくる。そうしたら二人きりの生活も終わり、真継はせいぜい週末に泊まりに来る程度になるだろう。あるいは理由をつけて、奏流がマンションへ行くことになるか。

だがその状態も長くはないというのが、真継の見解だった。父親から気に入った場所が見つかったという趣旨のメールがあったので、海外移住に至るまでも早いだろうと言うのだ。

そうしたら、真継はマンションを引き払って家に戻ってくるそうだ。あの家での、二人だけの生活がまた始まるのだ。

「今日もバイトだから」

真継の車から下りると、奏流はドアを閉めようと手をかけた。

「奏流さん」

閉まる寸前に聞こえた声に、なんとか手は止まった。屈んで車内の真継と目をあわせ、かけられる言葉を待った。

「よくお似あいですよ」

「……うん。それじゃ」

素っ気なく言ってドアを閉め、奏流は車が見えなくなるまでその場に立っていた。

その耳には、淡いブルーの石が光っている。歩きだすと同時に、奏流は髪で耳のあたりを隠してしまった。

数日前、奏流はピアスホールを開けた。誕生日にもらった天然のブルーダイヤは、ファーストピアスにはもったいないと思ったのだが、真継が強く望んだので、結局つけることにした。

妙に気恥ずかしいのは、慣れないせいか、それともマーキングに近い意味があるせいなのか。

どうか誰にも気づかれませんようにと願いながら、奏流は門へ向かって歩き始めた。

唇は愛を奏でる

両親が三ヵ月にも及ぶ船旅から帰ってきて、奏流《かなる》たちの生活は少し変わった。

真継《まさつぐ》は相変わらず鷹宮《たかみや》家に帰ってくるが、それは毎日ではなく、週の半分くらいに減っている。週末には来るものの、両親がいることも多いので、二人だけで過ごす時間は以前と比べてかなり少なくなった。

外はかなり天気がいい。外出には持ってこいだ。

なのに奏流は一歩も外へ出ていない。目が覚めたら昼近くだったし、出歩くのが億劫《おっくう》なほどの倦怠感《けんたいかん》に苛《さいな》まれているからだ。真継が車を出してくれれば解決する問題だったが、はっきりと拒否されてしまっていまに至っている。

すでに時計の針は三時過ぎを差していた。

「最近全然デートしてない」

思わず呟《つぶや》くと、真継は顔を上げて、やれやれと言わんばかりに溜《た》め息《いき》をついた。ぱたんと本を閉じる音が聞こえた。

「したいんですか？」

「だってもう二ヵ月だよ。もう二ヵ月も一緒に出かけたりしてないだろ」

「親同伴でデートをする気はありませんよ」

「俺《おれ》だってない」

だが実際に二人で出かけようとすると、両親がついてきてしまうのだ。三ヵ月離れていた反動なのか、それとも家族が四人になったという喜びのためなのか、両親はとっくに成人した息子たちと一緒にいたがってしかたない。それを振りきってまで、二人だけで出かける理由はないのだ。

「兄弟だけで行動する理由ってなにかないかな……」

「思いつきませんね。それより、コンサートや芝居のチケットが二枚だけしかない、とでも言ったほうが簡単じゃないですか」

「そうか。でもそのためにチケット取るのもなぁ」

「デートなら、家でしてるじゃないですか。だいたい隔週で」

「っ……ああいうのは、デートって言わないだろ」

自然と顔を赤らめる奏流を、真継は楽しそうに目を細めて眺めた。

真継の言うデートは、つまりセックスのことだ。週末になると、両親は隔週で知人のところを尋ねたり、泊まりがけでパーティーに出席したりするので、そのときばかりは二人きりになれる。だが外出はしない。お手伝いさんも週末は来ないので、たまの機会を惜しむようにして肌をあわせてしまうからだ。ちなみに惜しんでいるのは主に真継で、奏流としては外出したいのだが、希望が通ったことはなかった。

奏流が寝坊したのも、怠《だる》くて外へ出る気力がないのも、すべて真継のせいだった。

「そのうちなんとかしますから、おとなしくしていてください。それに、一時のことですよ。いまのうちに思いきり甘えておいたらどうですか」

「子供じゃない」

「二人が行ってしまったら、寂しくて泣きそうですけどね」

「そんなわけないだろ」

二十歳にもなって、親が海外移住したくらいで泣いてたまるものか。とは言うものの、二人が遠い異国の地へ行ってしまうのは、やはり寂しいと思う。真継と二人だけの時間は欲しいが、それとはまた別の話なのだ。

「……ちょっとジレンマかも……」

「どうせ年に三回は帰ってきますよ」

「ありそう」

年末年始と盆には確実に戻ってくるだろう。帰ってきたら忙しく飛びまわり、家に居着かないパターンのような気がする。

「遅くても二年以内には移住なさるでしょうから、そのあいだに家族の絆《きずな》を深めるのもいいんじゃないですか」

「でも二年って長いよ」

呟いてから、急に自分の発言が恥ずかしくなった。いまのは二年も待てない、と言ったも同然ではないだろうか。

真継は楽しげに笑みを浮かべていた。

「可愛《かわい》らしいことを言ってくれますね」

「いまのなし。撤回。二年なんてすぐ」

「そういうところが、あなたの愛すべきところですよね」

暗に馬鹿《ばか》だと言われたような気がしたが、突っこむことはしなかった。迂闊《うかつ》なことを口走れば、ダメージは何倍にもなって返ってくる。

「まぁ、一生のうちのたった二年ですよ。親孝行だと思えばいいんです」

「孝行かぁ……でも、店に来るのは、ちょっとね……」

溜め息が自然とこぼれ、奏流はなんとかしてくれないかと、縋《すが》る思いで真継を見つめた。

生活の変化で困ったことはいくつあるが、二人きりになれないのと同じくらいに奏流を悩ませているのは、両親が週に一度は〈musique《ムジーク》〉にやってくることだった。

彼らは帰国後、奏流がアルバイトをしている事実を知り、大層心配した。成人している男子だというのに、まるで高校生がいかがわしい店でアルバイトをしているかのような動揺っぷりで、職場を見ないことには納得しなかったのだ。マスターも従業員も素行はよく、店も品がよくて健全だと、真継も保証してくれてもだめだった。

帰国後まもなく、真継を案内役に来店した彼らは、一度であっさり考えを改め、一転して理解を示した。保科《ほしな》と和久井《わくい》の人柄のおかげもあるし、客の質がいいことも大きかったようだ。週に一度訪れるのは、たんに気に入ったからなのだ。

だが奏流としては微妙な気分だった。親が週に一回来るというのは、なんとも気恥ずかしい。両親に見られるのが、ではなく、親が来ているのを常連客が知っているから恥ずかしいのだ。ただでさえ深窓のご令息などと噂《うわさ》されていたらしいのに、ますますそれに拍車がかかったという。

「はっきり言ったらどうですか？　来ないでくれって」

「言えるもんなら、とっくに言ってるよ」

あまりに二人が楽しそうだから、水を差すようでとても言い出せないのだ。考えてみれば彼らは新婚だ。週に一度のデートだと思えば、しかたないとも思う。

「それより、練習しなくていいんですか？」

「するよ。でも怠いんだよ」

「腕と指は関係ないじゃないですか」

「足だって使うし」

そもそも全身を倦怠感を包んでいるせいで、気力が湧《わ》いてこない。受け身のつらさを知らない恋人はまったく勝手なものだった。

奏流は大きな溜め息をついて立ちあがり、ピアノの前に座る。真継はふたたび本を開いており、ピアノをＢＧＭに読書をするつもりらしい。

まずは指慣らし。それから真継の好きな曲を弾いてみる。

（音がずれたり、リズムが狂うと、気になるんだよな）

いたずら心が芽生え、奏流は故意に一つだけキーを半音上げて叩《たた》いてみた。

瞬間、視界の隅で真継が顔を上げるのが見えた。わざとだということは、奏流の顔からして一目瞭《りょう》然《ぜん》だろう。

やれやれと言わんばかりの溜め息が聞こえた。かなり芝居がかって聞こえたのは気のせいではないだろう。

「読書の妨害ですか」

「どのくらい集中してるか試したんだよ」

「本なんか閉じて、ちゃんと聴けということですか。またずいぶんと可愛らしいことをする」

「別に可愛くなんかないだろ」

ただのいたずらではないか。そんな意味を込めて言い返すと、真継は本を閉じて傍らに置き、ゆっくりと近づいてきた。

手を止めて身体《からだ》ごと向きなおったのは、警戒心のためだった。こんなときの真継はろくなことを言ったりしないと、経験上わかっていた。

「可愛いじゃないですか。わたしの注意を惹《ひ》きたいんでしょう」

「違うって。なんでそうなるんだよ。ただの悪ふざけだろ」

真継の意図がわかってしまい、奏流は逃げ腰になる。気を惹きたがっているなどと、本気で真継は思っていない。それをネタに揶揄《やゆ》しようという魂胆なのだ。

ピアノの横に立ち、真継は手を伸ばして奏流の髪をさらりと梳《す》いた。

「かまってあげないと、練習もまともにできないようですね」

「いや、できるし」

「早く練習を再開させないと、キスしますよ」

まったくもって理不尽な話だが、やはりここでも反撃はしない。ぐっとこらえて、練習に戻るのが得策だ。

小さく深呼吸をし、ふたたび鍵盤《けんばん》に向きなおる。

目を閉じて、奏流は先ほどと同じ曲を静かに奏でた。

「鷹宮奏流？」

「は？」

大学を出たところでいきなり名を呼ばれ、奏流は反射的に足を止めた。

振り向いたところには、背の高い二人の青年が立っていた。どちらも奏流より二つか三つ上だろうと思われた。

一人はショートミディアムで茶色の髪に緩くウェーブがかかっている。ハーフなのか、日本人離れした美形で、髪もパーマではなく癖なのかもしれない。もう一人は黒髪をスタイリング剤で遊ばせ、すっきりとした印象にしたいまどきのイケメンだ。どちらもメンズファッション誌のモデルかと思うようなこなれた雰囲気があった。

「ふーん、やっぱりいいな。実物のほうがずっといいね」

「ああ。イメージぴったりだ」

近づいてきた彼らは、いきなりそんなことを二人で言いあった。自分たちから話しかけてきたくせに、奏流を無視している。

「……あの？」

彼らは誰《だれ》だっけと奏流は首を傾《かし》げる。見たことがあるような気もするが、誰かは思い出せなかった。

年齢は奏流とそう変わらないから、同じ大学の人間だろうか。だが直接会ったことがあるという感じではなかった。メンズ誌のモデルという印象を抱いたのは、そのくらいの距離感を彼らとのあいだに感じとったせいもある。

　気がつくと奏流は二人に挟まれるような形で道端に立っていた。

「僕たちのこと、わからない？」

「ええと……はい。すみません。どこかで見たことがある気はするんですけど」

「ＣＬＨのユニットのメンバーだよ」

「あっ……」

　カチリとパズルのピースがはまるような感覚で、記憶が繋《つな》がった。数ヵ月前に見た資料に、彼らの写真が添付されていたのだ。

「ちょっといいか？　ユニットのことで話がある」

「そのことでしたら、お断りしたはずですけど」

　少なくとも三度、奏流ははっきりとした言葉で断っている。二度目以降は電話で説得されたのだが、もちろん気持ちは変わっていないから同じ答えを返した。それでも担当の桧垣《ひがき》は、またかけますと言って、二週間くらいすると電話をかけてくるのだ。

「だから、僕たちの話を聞いて欲しいんだ」

　茶髪の男のほうが、全体的にソフトな印象だ。黒髪はいささか口調も乱暴だった。

「ユニットの当事者の考えとかも、一度訊《き》いてみてくれないかな。こっちもさ、いろいろと君をコミで考えてたから、困ってるんだ」

「はい？」

「いろいろと説明したいこともあるし、時間くれないかな。そこらのカフェでもファミレスでも、どこでもいいから」

やんわりとした口調で茶髪に押しきられ、奏流は不承不承頷《うなず》いた。ここで断っても、二度三度とやってきそうな勢いがあったし、いつまでも立ち話をして、また余計な噂が立ってもいやだ。だがもう手遅れかもしれない。彼らはコンクールへの出場経験があるわけだから、奏流の大学の学生のなかにも顔を覚えている者がいても不思議じゃない。

それに気になることがあった。どうして彼らが、奏流のことを知っているかだ。メンバー入りを承諾した彼らのことがユニットの情報として提示されるのはともかく、断った奏流の情報が企画担当者以外にもれるのは納得できない。そのあたりをはっきりさせたかった。

憂鬱《ゆううつ》な気分になりながら、比較的近い場所にあるコーヒーショップに入った。奏流たちの三人連れは、かなり目立っていた。

茶髪の青年がコーヒーを買うためにレジに並び、奏流ともう一人は四人がけのテーブルを確保した。隅の席の壁際に座るように誘導され、真向かいに黒髪の青年が座った。まるで奏流が逃げないように見張っているようだった。

三人揃《そろ》うのを待っているあいだは、かなり気まずかった。正面から睨《にら》むようにして見つめられ、とても口を開く気にはなれなかった。

紙コップのコーヒーを三つ持った茶髪が戻ってくると、ようやく話が始まる雰囲気になった。どうやら話を進めるのは彼の役割のようだ。

ただし気になったのは座る場所だ。あとから来た茶髪が奏流の横に座ったので、前と横から説得されることになってしまった。しかも茶髪の青年が立ってくれないと、奏流は席を離れることもできない。これは最初から狙《ねら》っていたのだろう。

なかなか食えない二人のようだった。

「一応まずは自己紹介ね。僕は蓮見祐吾《はすみゆうご》でヴィオラ、彼が阿佐谷剛《あさたにつよし》でヴァイオリン」

蓮見と名乗った茶髪の青年はそう言ってにっこりと笑った。

「……鷹宮です」

「いきなりごめんね。連絡先は知らないし、会社を通さないで接触したかったからさ」

「あの、どうして俺のこと……？　メンバー候補まで、いちいち二人に見せるんですか？」

「候補の映像を見せてもらって、僕たちの希望を出したり桧垣さんたちの意見を聞いたりしたからね。満場一致で、君になったんだけど」

「映像……？」

「コンクールのね。君のを見るちょっと前から、何本かほかの人のを見たんだけど、どれもピンとこなかったんだ」

そういうことかと納得した。思えばもらった資料にもＤＶＤが入っていた。見ていないとは言いにくかった。

「言っとくけど、候補者の名前は伏せられてたよ。単純に演奏シーンとその前後しか見せられなかったからね。でもちょっと調べればわかるから」

「そうですよね」

DVDを見れば、コンクールも特定できるかもしれないし、曲名さえわかれば調べることはそう難しくないだろう。

「で、大学で張ってたんだよ。納得したか？」

「まぁ」

桧垣が個人情報を流したのでなければそれでよかった。

「君しかないって思ったのに、あっさり断られたって聞いて、かなりがっかりしたよ。本当に興味ないんだ？」

蓮見はひどく残念そうだが、不思議と奏流を咎《とが》める雰囲気にはなっていなかった。あくまで下手に出て、奏流の情感に訴えかけようとしているらしい。対して阿佐谷はどこか居丈高だ。まるで断った奏流が悪いかのような態度に思える。二人が漂わせる雰囲気は、大げさに言ってしまえば懇願と強要くらいに差があった。

「興味ないわけじゃないんです。でも、CDデビューするような実力じゃないし」

「そんなのは、今回の企画に限ったことじゃないだろ。俺たちだってそうだ。顔で拾われたってのは知ってるよ」

「ビジュアル先行の演奏家なんて、ほかにもいるよ。僕の知りあいの女の子なんか、ＣＤデビューのためにミスコンに出たよ」

「それは、まぁ……」

「堅苦しく考えることはないだろ。どんな音楽を聴くかは人ぞれぞれだ。選ぶ基準だって、いろいろある。アーティストの顔で選んだって別にいいんじゃないか。耳の肥えたファンは、もっとレベルが高いのを聴くだろうし、俺たちは普段クラシックを聴かないやつらにとって、取っつきがいいものを作ればいい」

もっと無口なイメージがあったのに、阿佐谷は意外にも饒舌《じょうぜつ》だった。しかもその口調には妙な説得力がある。

芸能界に興味があると聞いていたから、てっきりユニットは踏み台程度に考えていると思っていたが、話を聞く限りでは違うようだ。それに二人とも、想像していたよりチャラチャラしていない。

（レコード会社の人より、よっぽど説得がうまいんじゃないか……？）

少なくとも奏流には、阿佐谷の見解を否定することはできなかった。桧垣らが言うところの「入門編」というのを、少し変えて言っただけなのに。

「それに、君の音って僕の好みなんだよ。甘い曲とか、よさそうだよね。僕らともあうと思うんだよなぁ……」

くらりと来る口説き文句だった。顔が第一で演奏は二の次なのかもしれないが、それでも音に触れてくれたことは単純に嬉《うれ》しかった。レベルのことを言われたら、冷めた気分で流してしまうものも、好みの部分で言われたら無視できない。

奏流の向かいでは、阿佐谷が同意を示してうんうんと大きく頷いていた。

「一緒にやってくれないかな」

「それは……」

「僕たちってさ、ソリストにはなれないと思うけど、三人の音が重なったら、いけるかもしれないよ。アレンジもするしね」

「あんたとなら、成功できるような気がするんだよ」

二人ともテンションとしては落ち着いているのに、とても熱い。その気になりそうな自分が怖くて、奏流は無理に感情に蓋《ふた》をした。

「でも、二人だけでも充分のような気がしますけど。ストリングスだけでも成立するんだし、ビジュアルだって……」

「弱いよ」

「え？」

「僕たちだけじゃ弱いんだよ。さっきも言ったけど、君が入ることを前提にいろいろ考えてたんだ。演奏してないときの基本の立ち位置とか、キャラとかね」

「は？　キャラ……？」

立ち位置はともかく、キャラってなんだろうと、奏流は眉根《まゆね》を寄せた。蓮見が言っていることが本当にわからなかった。いや、よく考えたら立ち位置だっておかしい。アイドルグループや芸人でもあるまいし。

「やっぱりさ、ただのイケメン演奏家じゃ弱いと思うんだよ。いくらクラシックって売りがあっても、インパクトが薄い」

「だから、それぞれのキャラクターを設定して、関係とかスタンスを決めておくんだ」

「もちろん、性格を作ったり変えたりする必要はないんだよ」

「必要なのは、ユニット内の人間関係だ。そこを演出する」

「それと感情のベクトルとか、種類だね」

畳みかけるように交互にしゃべられ、奏流は口を挟むこともできない。もっとも疑問を抱いたことはすぐに答えが提示されるので、質問の必要もなかった。

「俺たち二人のベクトルは、鷹宮に向かってる……っていう形にしたいんだ」

「独占欲つきの好意でね」

「はい？」

熱心に語る二人に圧倒され、生返事をしながら聞いていた奏流だったが、妙な流れになってきたところで、素《す》っ頓狂《とんきょう》な声を上げてしまった。

「立ち位置も、あんたが真ん中だ。つまり、俺たち二人があんたを挟んで牽制《けんせい》しあってる、みたいな感じにしたいんだよ」

「僕たちは仲間であると同時に、君を巡ってのライバルでもあるってわけ。三角関係だね。で、君はそんなことに気づかずに、普通に仲間だと思ってる……くらいの基本設定がいいかなって」

「…………」

なにやら不穏な単語を聞いた。独占欲だのライバルだの、三角関係だの。とてもクラシックユニットの話をしているとは思えなかった。

わずかに眉を寄せると、蓮見は奏流の反応を勝手に勘違いした。

「こういうのって理解できないタイプ？」

「え……あ、ええと……いや、つまりホモの振りするってことですよね？」

「身も蓋もない言い方だと、そうなるね。でも曖昧《あいまい》にやるよ。なんかあやしい……くらいが理想。あんまり露骨なのは引かれるし」

「さっきも言ったけどさ、基本的な設定ってやつなんだよ。そこを踏まえて、外向けの言動を演出するってわけだ」

「そうそう。ちょっとスキンシップを取ったり、好意的な言葉を口走ったり……って程度だよ。あとは、いかにも僕と阿佐谷が牽制しあってる……みたいな視線をかわしあったりね」

頭がくらくらしてきて、奏流は落ち着くためにコーヒーを飲んだ。

彼らへの印象がまた変わってしまった。意外にも真面目《まじめ》な人たちかと思ったら、こんなとんでもないことを考えていたなんて。いや、それもまた戦略の一つとして、彼らなりに真剣に考えた末なのかもしれないが。

「具体的にはね、なにかと君を優先するとか、視線とか口調を柔らかくするとか。そんな感じで充分だと思うんだ」

「はぁ……」

顔が引きつっているのは自覚したものの、そうそう治りそうもない。やはりこの企画を断ってよかったと心底思った。

「なに考えてやがんだ、こいつら……って顔だな」

「い、いや……」

阿佐谷に図星を指されてうろたえていると、くすりと蓮見が笑った。

「いいよ。言いたいことがあったら正直に言って」

「う……あの、それってどんな効果が……っていうか、意味？」

「一部の女子に受けるみたいだよ。そうでなくても、メンバーが仲いいってのが好きな人は多いらしいし」

「そうなんですか」

感心している場合ではないのだが、そんなものかと納得した。

「見た目がいいだけだったら、いくらでもいるからさ。ほかと差をつけないと」

ややや懐疑的な部分は残ったものの、とりあえず頷いておいた。料理で言えばスパイスなのだろうが、彼らの演出だと変な味になりそうな気もした。

「やっぱり興味ない？」

「すみません」

意思が変わらないことを告げると、二人はそれぞれに溜め息をついた。

多少申しわけなく思うものの、目指すものや求めるものが違うのだからしかたない。それに正直なところ、いまの計画を聞いてますますその気はなくなってしまった。さすがにそう告げる気はなかったが。

奏流は時計を見て、頃《ころ》あいだろうと判断した。話も一区切りついたようだし、あらためて意思はないことも告げた。コーヒーは残っているが、別に惜しくもない。

財布を出そうとすると、やんわり蓮見に止められた。

「無理につきあわせたんだから、いいよ」

「いえ、でも」

「コーヒー一杯で恩に着せたりしないから大丈夫」

「……すみません、ごちそうになります」

蓮見を見てから目礼をすると、なぜかくすりと笑われた。いやな感じではなく、好意的なものだったが、理由が気になった。

「なんですか？」

「いや、育ちのよさって出るなぁ……と思って。ほんと、理想の三人目なのに」

にこにこ笑っている蓮見こそ、どこかのご令息といった雰囲気を漂わせている。

おそらくだが、彼らは奏流の家のことも調べたのではないだろうか。鷹宮家はいわゆる旧家と呼ばれるもので、かなりの大地主であったらしい。祖父の代にその土地を生かして始めたのがマンション経営などを始めとする不動産業なのだ。大層な家柄ではないが、祖父が地元の顔役だったことは確かで、当時は地元議員との結びつきも強かったようだ。あいにくと父親はそういったことに熱心ではないので、いまではすっかり縁遠くなってしまったが、奏流にとってはむしろありがたいことだった。

「なぁ、ちょっと俺たちとあわせてみないか？　俺たちの音がどんなふうに重なるか、試してみたいんだよ」

押し黙っていた阿佐谷は唐突に言った。無言でじっと見つめるから少し気になっていたのだが、いままでずっとそれを考えていたようだ。

「いいね。どこか場所借りられないかな。一時間あれば家まで往復できるし」

「大学は無理か？」

「どうだろう」

ヴァイオリンとヴィオラに、奏流のピアノをあわせる——。それは少しそそられる話だった。ユニットの件と切り離して考えると、単純にやってみたいことではあるからだ。

だが彼らのペースに呑《の》まれるのは危険だ。気がついたらユニットを組んでいたということにもなりかねない。

「あの、申しわけないんですけど、俺これからバイトがあるんです。そろそろ出ないと間にあわないから」

バッグをつかんで帰る意思を見せると、二人は意外そうな顔をした。お坊ちゃんなのに、とでも言いたげな顔だった。

「バイトしてるんだ？」

「してますよ」

そういえば彼らは奏流よりも年上だが、まだ学生なのだろうか。もらったプロフィールデータをほとんど見ていないので、そんなことすらわからない。

「どんなの？　ピアノ講師とか？」

「いや……バーですけど」

「えー、ウェイター？　まさかバーテンじゃないよね？」

なぜ「まさか」がつくのか不明だと思いつつ、奏流は小さくかぶりを振った。

「ピアノを弾いてるんです」

「うわ、行ってみたい……！　いつ行っても聴ける？　あ、まずい？」

蓮見は子供のように目を輝かせ、次の瞬間にふっと我に返って縋るような目をした。

これは拒否しづらい。奏流の演奏が聴きたいというよりは、ピアノを弾いているところを見たいのだろうが、キラキラとした目には逆らいがたいものがあった。

「そんなことないですよ。えーと……」

奏流はバッグを開き、店のカードを二枚取りだした。いつも数枚、バッグに入っているのだ。営業にもなるかと割りきって二人に渡すと、彼らは思った通り店名に反応した。〈musique〉は音楽の意味だからだ。

「店の名前からして、いいね。ピアノのほかにも演奏あるの？」

「ピアノだけなんです」

「そっか。店の人って、誰かこっち関係とか？」

「前のオーナーがそうなんだって聞いてます」

「へえ。それで、毎日？」

「毎日じゃないんですけど……」

奏流は基本的な曜日を教えることになった。相手のペースに巻きこまれてはいけないと思うのに、なかなかうまくいかない。

「変更がある場合とか……事前に確認したほうがいいよね？」

「それだったら店に電話してもらえれば……っ。あの、本当に遅刻しちゃうんで行きます。ごちそうさまでした」

奏流は慌ただしく立ちあがり、引き留める間も与えず席を立った。蓮見を押しのけるような形になってしまったが、このくらいはかまわないだろう。

「ごめんね、引き留めて。考えが変わったら、いつでも言ってね」

「失礼します」

逃げるように店を出て、振り返ることなく駅へ向かう。充分に離れてから、やっと小さく息をつくことができた。

あぶないところだった。あのままの流れだと、携帯電話の番号を聞かれていたかもしれない。面と向かって断るのはなかなか勇気がいるものだから、避けられてよかったと思う。

(疲れた……)

話していた時間は三十分もなかったはずなのに、二時間くらいの話しあいをしたような疲労感がある。初対面の相手というのもあるだろうし、阿佐谷の無言のプレッシャーもあるだろうが、なにより も彼らの考えに疲れてしまった。

(……でも、思ってたより感じはよかったな)

疲れる人たちだとは思うが、悪い感情は生まれなかった。むしろ奏流のメンバー入りを諦《あきら》めてくれた上で付きあえば、それなりにおもしろそうではある。ただしその場合は、相手のほうが奏流への興味を失いそうだったが。

彼らはどんな演奏をするのだろう。確かコンクールの成績は、ぎりぎり入賞するという程度だった気がする。楽器の違いはあるが、奏流と似たようなレベルということだ。

(帰ったら、DVD見てみようかな)

本人を知ったら、どんな演奏をするのか興味が湧いた。あるいはこれも、彼らの思惑通りなのかもと思い、奏流はそっと苦笑した。

彼らの音と奏流の音が重なると、どんなふうになるのだろうか。

少しだけそれを確かめてみたいと思った。

「ただいま」

アルバイトを終えて帰宅すると、リビングには真継と父親がいた。仕事の話をしていたのか、テーブルにはノートパソコンが置いてあった。

顔を見せるだけですぐに自室に行き、着替えを持ってバスルームへ行った。時間をかけたつもりはなかったが、出ていったときにはすでに誰もリビングにいなかった。明かりを落として自室に戻りがてら、同じフロアに部屋がある真継の部屋に寄った。寄ったと言っても、ドアを開けて顔を覗《のぞ》かせただけだが。

「おやすみ」

「入ってこないんですか？」

「出してもらえなくなると困るしね」

冗談めかして笑いかけると、真継は故意に意地悪く笑って見せた。

「そうですね。たぶん朝まで出さないいんじゃないですか」

「じゃあ、やっぱこのまま帰る。またね」

ひらひらと手を振り、奏流は自室に戻った。引き出しにしまいこんであったＣＬＨの企画書を引っぱり出し、ＤＶＤを取りだした。奏流の部屋にはそう大きくはないがテレビがあるし、レコーダーもあるので見るのに問題はない。

テレビの前にある椅子《いす》にかけ、再生される画面を見つめていると、拍手とともに阿佐谷が現れた。背筋が伸びていて、タキシードがよく似合っている。今日の髪よりも色は明るめで、ダークブラウンといった感じだ。

このビジュアルならば、ＣＬＨが目を付けるのも当然だろう。緊張して、今日見た顔よりも強《こわ》ばってるが、舞台映えしているのは間違いない。

しんと静まりかえったなか、静かに演奏が始まった。

「うっわー……」

あまりにも意外で、奏流は思わず声を上げる。

見た目と今日の態度から、勝手に演奏のイメージを作り上げていたが、見事にそれを覆されてしまった。

耳で音を追いながら、プロフィールに目を通す。やはり奏流より三つ上で、いまは講師をやりながらブライダル演奏の仕事をしているという。

目を閉じて聴いているうちに演奏は終わり、拍手が聞こえてきた。そして画面は切り替わる。今度は蓮見が登場した。別のコンクールのようだった。

これがまた、予想を裏切ってくれた。柔らかな物腰と口調、そして甘いマスクに反し、蓮見は情熱的で力強い音を出す。

「充分インパクトあるよ……」

今度会ったら、言ってみようか。だがそれでは、今日までDVDを見ていなかったことを白状しているようなものだ。迷うところだった。

蓮見も三つ上で、大学院生だ。二人とも大学が違うし、出身地も別。おそらく今回のことで知りあったのだろうが、それにしては息があっていた。ユニットを成功させて、芸能界入りを目指すという共通の目的があるせいかもしれない。

もう少しで曲が終わるというころになって、ドアがノックされた。DVDを消すひまもなく、真継は勝手にドアを開けて入ってきた。

珍しいことではない。一応ノックはするものの、返事を待たずに開けるのは昔からだし、急に来られて困るようなことも滅多《めった》にないから、奏流も気にしていなかった。だが今日は少しばかり慌ててしまった。

真継はテレビ画面に映しだされているものを見て、鼻白んだ様子になった。

「な……なに？」

「やけに部屋に戻りたそうだったので、なにかと思ったんですが……」

普段通りに振る舞ったつもりでいた奏流としては、ショックな言葉だった。この男に隠しごとを持つのは難しいと承知していたが、ここまであっさり看破されるとは思わなかった。アルバイトのときは、むしろ初日にバレずによかったと思うべきかもしれない。

「例のユニットの決定メンバーですね」

「よくわかったな」

数ヵ月前に写真を見ただけのはずなのに、演奏しているロングショットだけでわかるとはさすがだ。

真継という男は、いろいろと侮れない。

「どうしたんですか。いまさら」

「あー……うん、ちょっとね。一度くらい、ちゃんと見てみようと思ってさ」

他意はないことをアピールしてみたが、あまり説得力はなかったようだ。何ヵ月も前にもらったきり、しまいこんで忘れていたようなものを、わざわざ引っぱり出して見ているのだから、理由があると思われるのは当然だろう。

真継は探るような目をしていた。これは早めに自白したほうがよさそうだ。

「いや、実はさ……今日、例のユニットの二人が会いに来て……」

「どこに」

「大学の前。それで、ちょっと話したんだよ。あ、もちろんあらためて断ったけど」

「断ったのに、見てるんですか」

「会って話してみたら、どんな音出すのかなって興味湧いちゃったんだよ。演奏と本人が逆でおもしろかった。ソフトなイメージな人なのに、演奏すると力強くて、ちょっとぶっきらぼうで無口な人がやたら繊細で優雅なんだ」

「それで？」

もう少し説明したかったのに、真継はばっさりと切って、先を促した。興味のないことを聞くつもりはないようだ。

やや不満だったが、言われるままに話を進めることにした。

「えーと、コーヒー奢《おご》ってもらって、三十分くらい話したかな。もっともなことも言ってたけど、俺にはやっぱり無理だよ」

「それで、まさか電話番号やアドレスの交換をしたんじゃないでしょうね」

「してないって」

「上出来です」

「あ、でも〈ｍｕｓｉｑｕｅ〉のカードは渡した」

満足そうに頷いた真継に、奏流は次の一言を放った。一つや二つ隠しごとをしてもしかたないから、すべてを話してしまおうと思ったからだ。

「………」

小さく舌打ちが聞こえたような気がして、奏流はびくついた。真継らしからぬ反応に、内心かなり怖《お》じ気《け》づいていた。

真継の不機嫌は、怒号や暴力に向かうことはけっしてないが、じわりとイジメに走ることは大いに考えられる。チクチクとした嫌味な皮肉ならまだいいが、数日にわたる無言の視線は棘《とげ》のように突き刺さり、かなり精神的に来る。最悪なのは不機嫌をセックスに持ちこまれたときだ。わざと奏流のいやがることをしたり、焦《じ》らしたり、執拗《しつよう》に攻めたりするのだ。

話が長くなると踏んだのか、真継は奏流の隣に腰を下ろした。小さめの長椅子だが、二人でかけても問題はなかった。

やれやれと大きな溜め息が聞こえた。

「またずいぶんと迂闊なことをしましたね」

「う……話の流れで、つい」

「それで、その二人とはどんな話を？　当然、用件は勧誘なんですよね？」

「うん。ＣＬＨの人より、よっぽど説得がうまかったよ」

いまにして思えば、桧垣というあの担当者はとても正直な男なのだろう。嘘《うそ》でもいいから、奏流の音が必要だという意味のことを言えば、もう少し結果は違ったかもしれないのだ。蓮見たちを見習えと思う。

「なんていうか、あっちも演奏者だからさ、ツボを心得てるっていうか」

「ああ……」

「ちょっとその気になりそうだったもんな」

「なかなか侮れない二人というわけか。どんな人間なんです？」

「んー……思ってたよりチャラくなかったけど、やっぱちょっと変わってる。真面目な顔して、変な戦略立ててるし」

「戦略？」

「売るためだってさ」

芸能界入りの意思があることは、桧垣の口からしか聞いていない。真偽のほどはさておき、蓮見たちが売れることを強く切望しているのは確かだった。

「イケメンのクラシックユニット、ってだけじゃインパクト弱いとか言って、設定を作る方向で話しあってたみたい。たぶん、二人だけでだと思うけど」

あの頓狂な戦略に、ＣＬＨが加わっていないことを祈るばかりだ。どうせならば、そのあたりも確かめておけばよかった。

「それは一理ありますね。デビューが決まって浮かれてるだけの連中じゃないということですか」

「あ、うん。思ったんだけどさ、あれだよな。美人ヴァイオリニストって言うと響きがいいけど、イケメンヴァイオリニストって、ちょっと安っぽいな」

「くだらないことはいいですから、戦略とやらを聞かせなさい」

「うん……まぁ、結構いろいろ考えてる感じだったんだけどさ……」

「なんです？」

　口ごもる奏流を真継は容赦なく急《せ》きたてた。

「設定ってのがさ……」

　奏流は二人から受けた説明を、思い出せる限り真継に伝えた。順序が入れかわったり抜けたりしただろうが、だいたいのことは話して聞かせた。

　聞いているうちに真継が渋面になったので、まずいかと思いつつも、いまさら止《や》めるわけにもいかなかった。

「ようするに、ホモの三角関係みたいな感じ？　二人とも真面目な顔して、延々とそういうこと言ってんだよ」

「王子と騎士が姫を取りあう感じですかね」

「姫とか言うな」

　ピアノ科の王子さまと呼ばれたことはあっても、姫なんて呼ばれたことはない。男を姫呼ばわりする真継の発想が理解できなかった。そういえば以前も、彼は奏流のことをご令嬢などと言ったことがあった。

「なんか真継って、あの二人より変だよ」

「同じようなものだと思いますけどね。少なくとも彼らの意図はわからなくもありません。クラシック系は、どうしてもファンの年齢層が高くなりがちですからね。若年層を掘りおこすために、いろいろと考えているんでしょう」

「掘りおこせるのか?」

「さぁ、それはやってみないことには。ただ、きれいなスリーショットになることは間違いないでしょうね。個人的には、実に腹立たしいですが」

「想像で不機嫌になられても……」

奏流はちゃんと断ったのだが、気持ちが動きそうになったことは確かなので、言葉は尻《しり》つぼみになった。

「そう、想像です。ファンから見えないところで、どうなっているのかを想像をさせたいんでしょうね。具体的にどういう感じになるのか、わかりますか?」

「え、だからホモだと思われちゃうんだろ?」

「三角関係というところをよく考えなさい」

「だから、俺が二人に狙われちゃってる……みたいな」

「牽制しあって、まだなにもしていない三角関係の場合はそうですね。でもすでに手を出されているというのもありですよ。おそらくどちらか一方に偏るような言動はしないはずですから、そうなると二人とできている……というパターンですかね」

「うえ……っ？」

思わず変な声が出てしまった。深く考えたくなかったから、言われるまで気づかなかったが、確かに真継の提示したパターンはありそうな気がした。

「あなたはどう見ても女王さまタイプではないんですよ。あくまで深窓のご令嬢かお姫さまです」

「いや、だからなんでいちいちそっち……」

男で喩《たと》えろという呟きは、いっそ清々《すがすが》しいほどに無視された。やはり真継の目や思考回路はどこかおかしいに違いない。

「二人の男を従えているというより、二人の男に溺愛《できあい》されているほうがイメージしやすいでしょう。あなたは勢いというものに欠けますし」

「う……」

「とまぁ、あなたがユニット入りした場合、世間からあなたはそう思われるわけです。断って正解でしたね」

にっこりと、空々しいまでの笑顔を向けられたとき、いままでの話が脅しだったのだと気がついた。蓮見たちに会って心が動きかけていたことを、真継は敏感に察したのだろう。今後なにがあっても断れと言っているのだ。

「……ユニット参加とか、ありえないから」

「よろしい」

大きな手が頭に伸ばされ、優しく髪を梳いた。さっきまでのが一種の鞭《むち》ならば、いまのこれは飴《あめ》というところだろうか。

髪に手を差しこまれたまま引きよせられ、キスをされた。

軽く触れただけで、真継は離れていく。深くなることを期待していた自分に気づかされ、奏流はほんの少し赤くなった。

「肝心なことをまだ訊《き》いていませんでした」

「なに？」

「まぁ、無駄かもしれませんがね。かなり鈍い人ですから」

「訊く前に決めつけるな」

ムッとして睨みあげても効果はゼロだ。むしろ喜ばせているような気がしてならない。

「下心を感じたかどうかをね」

「ええと、それってユニットに関することじゃなく？」

「もちろんです。成功したいという意味での下心があることは、本人たちも明確にしているじゃないですか。わたしが訊きたいのは、あなた自身に対してです」

「ないって。なに言ってんだよ」

　即座に否定すると、真継はわかっているという態度で軽く頷いた。だが納得したわけではないようだ。つまり、真継の頷きはあくまで奏流がそう答えることを最初から知っていた……という意味だったのだろう。

「そう言うと思っていましたよ。だから訊くだけ無駄だと言ったんです」

「なんで。俺は実際に会ったんだから、信用しろよ」

「この手のことに関して、あなたは信用できませんからね。和久井とかいう、バーテンダーの件もありますし」

「っ……」

　いきなりその名を出され、奏流ははっと息を呑んだ。告白とキスをされた記憶が蘇《よみがえ》り、あからさまな反応をしてしまった。あれから和久井はなにごともなかったように接してくれて、奏流も忘れかけていたというのに。

「やはりそうですか。あのとき……急にわたしを受けいれてくれた日ですよ。やはり和久井となにかあったんですね」

「あ……」

　しまったと思ったがもう遅い。以前、追及するようなことは言われたことはあるが、そのときは結局なにも問われなかったのだ。忘れた頃に不意打ちを食らわせるとは卑怯《ひきょう》だと思う。この上もなく真継らしい。

顎《あご》をすくいあげられ、ぎりぎり焦点があう近さで見つめられた。

まともに視線を返せない。逃げるように目を逸《そ》らしつつ、腰も引き気味にすると、許すまじと力強く抱きよせられた。

「それで？」

「いや、あの……告白、されて……」

「告白だけじゃないんでしょう」

確信した言い方に、この男はどこまで知っているのだろうかと恐ろしくなった。もしかすると奏流が知らないうちに、和久井か保科と連絡を取ったことも考えられる。

「……えっと、キス……された」

「ほう」

「で、でもほら、おかげで真継への気持ちがはっきりしたっていうか、その……和久井さんはだめだったけど、あんたは最初っから、いやとか思わなかったな、って」

しどろもどろの説明に、少しは真継も気をよくしたらしい。顎から手を離し、代わりに首を撫《な》でて、指先でパジャマのボタンを外した。

「え……すんの……？」

「いやですか？」

「そうじゃないけど、だって……いるじゃん」

階下には両親がいる。こんな時間に部屋を訪れる人たちではないが、絶対ということはないだろう。用心するに越したことはない。

「問題ありませんよ。むしろこの部屋でなら安心でしょう。音は漏れませんし、あの人たちはノックをして返事がなければ、ドアを開けたりしませんしね」

「うわっ」

ひょいと身体を抱き上げられて、奏流はベッドまで運ばれた。ダブルサイズのベッドは、余裕で二人を受けとめた。

「いつものように、いい声を聞かせてください」

「い……いじめないか？」

「可愛がりこそすれ、あなたをいじめるなんてしませんよ」

しゃあしゃあと言い放つ男を、奏流はキッと睨みつけた。

「するだろ」

「覚えがありませんね。具体的に、どんなことがあなたの言う『いじめ』なんです？」

問いかける顔がうっすらと笑っている。この男は奏流に恥ずかしいことを言わせるのが好きなのだ。いや、言わされた奏流が恥ずかしがっているのが好きなのだろう。どちらにしても、いい趣味だとは思えなかった。

「泣くまでね」

「言いたくない」

「でしたら、いつものように念入りに可愛がってあげましょうね。泣くまでね」

「それがいじめだって言ってるんだろっ」

「心外ですね。泣くほど気持ちよがらせてあげているのに……。奏流さんは、痛いほうが好きなんですか？」

「そんなこと言ってない……！」

会話が進めば進むほど、おかしな方向へ行ってしまう。いま以上に執拗に攻められるのはごめんだし、痛いのは論外だ。もちろん痛い云々《うんぬん》は冗談だとわかっていたが、確実にそうだと言いきれないのが真継の怖いところだった。

奏流は大きな溜め息をつき、ぷいっと横を向いた。

「いいよ、もう。いままでと一緒で」

「たっぷり愛してさしあげますよ」

愛して、の部分が、いじめて……に聞こえるのは、被害妄想というやつかもしれない。奏流は無駄な抵抗を諦めて、真継にこの身を任せることにした。

奏流の勤務時間は、だいたい五時間くらいだ。開店前から入り、客入りにあわせて演奏を始め、ときおり休憩を挟みながら、十一時半まで続ける。休憩といっても従業員室に引っこむことは少なく、空いていればカウンター席に座っているし、そうでなければ保科や和久井の手伝いをする。

一度目の休憩に入ったとき、カウンター席は空いていた。和久井はノンアルコールのカクテルを出し、ほかの客が話しかけてくる前に言った。

「さっき電話があってさ、今日はピアノ演奏あるのかって聞かれたよ」

「ああ……」

「初めて来る客っぽかったんだけど……心当たりある？」

「たぶん、知りあいだと思うんですけど」

あれから三日だ。電話をかけてきたのは、蓮見たちではないだろうか。たまに演奏についての問いあわせはあるものの、そう多くはないから、タイミングを考えると間違いなさそうだ。

「友達……ではないよな」

「うん、まぁ知りあいですね。ほら、前にクラシックユニットのこと話したじゃないですか。あの決定メンバーなんです」

「あれ、でも断ったんだろ？」

「断ったんですけど、まだときどき連絡があるんです」

「へぇ……ほんとに欲しがられてるんだな」

感嘆の息に苦笑いで返し、奏流はもらったカクテルで渇いた喉《のど》を潤した。

休憩は十分ほどで、そのあいだは客がしきりに奏流と話したがる。演奏中は話しかけられないので、休憩を待っているのだ。だから厳密に言えば休憩ではないと保科や和久井は言う。従業員として、客の話しあい相手になっているのだからと。

そうやってしばらく客と話し、頃あいをみて奏流はピアノの前に戻った。歩いて戻るあいだに、客からリクエストを受けたので、まず最初にそれを弾いた。

続くリクエストはなかったから、そのままオリジナル曲やメジャーなクラシック曲を演奏していると、和久井が近寄ってきて、すっと小さなメモを置いた。

どうやらリクエストがあったようだ。愛の夢第三番、と書いてある。

（超メジャーだけど……第三番まで書くってことは……）

ちらっと店内に目を走らせると、思った通り蓮見と阿佐谷がカウンター席に座っていた。目があうと蓮見は笑いながら小さく手を振った。阿佐谷は先日と同じように、あまり表情を変えることなくじっと奏流を見ている。

つい笑いそうになり、慌てて目礼だけ返して視線を外した。

（あれで、あんな繊細な音出すんだもんな……）

緩みそうな顔を引き締め、前を向いて小さな深呼吸をする。知りあいが、特に音楽に携わる人が聞いているのは緊張するが、コンクールなどに比べたら遥《はる》かにマシだ。

言い聞かせて、奏流は演奏に入った。この曲は店でもよく弾く。酒の席ということで、なるべくきれいでスローな曲を選んでいるから、週に一度は弾いている気がする。蓮見もそのあたりは心得ているようだ。

曲を弾き終えると、拍手が聞こえた。驚いて見ると、あの二人だった。ほかの客も注目していたが、店全体の雰囲気を壊すようなことにはなっていない。

奏流はピアノを離れ、カウンター席に近づいた。何分弾くと決まっているわけではないので、こういうときは気楽でいい。

「こんばんは。リクエスト、ありがとうございました」

「よかった、すごく。ね？」

「ああ」

「選曲もナイスだったでしょ。いろんな意味でぴったりで」

確かにその通りだったので、奏流は頷いた。

さっきから客がこぞってこちらを見ている気がする。見目のいい客が来たことで、常連の女性たちもずいぶんと喜んでいるようだ。そうでなくてもこの店は女性客が多いのだ。

「思ってた雰囲気と違ったよ」

「店ですか？」

「うん。もっと敷居が高い感じだと思ってたら、そうでもなかった。客層も若い……っていうか、女の人が多いよね。ま、店の人たちを見たら納得だけど。鷹宮のファンもいるんだろ？」

「そんな……」

「もちろん、いますよ。演奏のある曜日は、明らかにお客さんが多いんです」

否定しようとしたのに、横から和久井が口を挟んできた。

「だよね。鷹宮のピアノって癒《いや》し系だから。やっぱ、今度あわせてみようよ。阿佐谷って、こんな顔してものすごい繊細な音出すよ」

「聴きました。二人のイメージが逆だったんで、すごい驚きましたよ」

「うわ、嬉しい。聴いてくれたんだ」

蓮見はぱっと目を輝かせるし、阿佐谷も地味に喜んでいる。やはり憎めない人たちだと、あらためて思った。

「俺もリクエストしていいか？」

急に阿佐谷がしゃべったので、驚きつつも奏流は頷いた。

「もちろんです」

「月の光。好きなんだ」

「わかりました」

思わず笑みが漏れたのは、好きだと言った阿佐谷の顔が少し照れくさそうだったからだ。

奏流はピアノに戻り、ドビュッシーを弾いた。こちらも愛の夢ほどではないが、たまにここで弾く曲だった。

ほかの客にまじって二人の視線を感じたが、リクエスト曲を弾き終えてもピアノの前を離れることなく、しばらく演奏を続けた。

なんとなく今日はオリジナル曲は避けた。気恥ずかしかったからだ。

長居をする客が多いせいか、演奏する日は満席になることも珍しくない。九時をまわる頃には、席はほとんど埋まっていた。

二人は十一時をすぎても帰らず、保科や和久井、ときおり奏流と言葉をかわしつつ、何杯もグラスを空けていた。蓮見は酒に強く、阿佐谷はほとんど飲めないようだ。ずっとソフトドリンクだったと知ったのは、何度目かの休憩のときだった。

客は徐々に帰り始めていて、半分くらいになっていた。ウイークデーなのでこんなものだろう。

奏流は十一時半になると、客に一礼してピアノから離れた。ぴったり終わらせることはない。曲が終わったところで終了だ。

「もう上がり？」

「はい」

「ふーん、まっすぐ帰るの？　あ、そういえば一人暮らし？　家族と一緒？」

「家族とです。両親と兄の四人で……あ、兄は週の半分くらいしかいませんけど」

「お兄さんは音楽にかかわってないの？」

「まったく」

否定の言葉を聞いた途端、蓮見が少し残念そうだったのは、奏流がだめだった場合に代替えを考えたからだろう。兄弟ならば似ている可能性があり、さらに演奏ができればいい……とでも考えたに違いない。

残念ながら似ても似つかない兄弟だ。もとは赤の他人なのだから当然だった。

兄弟の話なんかになったのがいけなかったのか。噂をすれば影、とはよく言ったものだ。

「……………」

視界の隅でドアが開き、客が入ってきたと思って目を向けたら、そこには噂の男が立っていた。いらっしゃいませと声をかけた和久井も、意外そうな顔をしていた。

真継は保科と和久井に挨拶《あいさつ》をし、奏流に視線を向けた。

こちらを見る真継の視線が厳しい。きついわけではないが、甘さの欠片《かけら》もない目をしていた。

「誰？」

「鷹宮のお兄さんです」

「マジ？」

蓮見と和久井の小声の会話が耳に入っているが、それどころではなかった。真継が店へ来るのは珍しいことではないが、雰囲気が妙に張りつめていて怖い。まるで仕事のときや、気の抜けない相手と対峙《たいじ》しているときのようだった。

「えっと……どうしたの？」

来るなんて聞いていなかった。最初の来店はともかく、以後真継は基本的に予告付で来ていたのだ。急なときでも、メールに連絡が入っていた。

「仕事で遅くなったから、ついでにと思ってね」

二人だけでないとき、奏流に対する真継の口調は変わる。兄弟として、あるいは年齢的なことを考えて、きわめて自然な口調になるのだ。だったら普段からそうしてくれと何度も訴えたが、いまのところ改善される兆しはなかった。

そして他人がいるときに、真継が恋人関係を勘ぐられるような態度を取ることもない。

「もう上がりだろう」

「うん、まぁ」

奏流はちらっと蓮見たちを見やった。普段ならばここですぐ奥へ引っこみ、バッグを持って帰るところだが、彼らを無視することはできなかった。

「えーと……兄が、送って行ってくれるらしいんで、お先に失礼します」

「ああ……うん」

ここはへたに紹介などしないほうがいい。急いで引っこんでロッカーからバッグを引っぱり出し、薄手のコートを手にした。

今年はめまぐるしくて、秋までのあいだにも実にいろいろなことがあった。両親の再婚、コンクール、アルバイトにスカウト。なにより真継と恋人になったことが一番の出来事だ。
真継のところへ慌てて戻ると、彼は蓮見たちと談笑していた。といっても、あからさまに互いに武装している。上っ面の穏やかさが不気味だった。

「お待たせ」

「では、お先に」

真継は二人に声をかけ、保科たちにはやはり目礼だけして、店を出ていった。そんな態度なのに、真継の印象はけっして無愛想にはならない。

周囲の耳を気にしてか、真継はなにも言わず、奏流をパーキングまで連れていった。

駐車料金の精算をすませる真継より早く車に乗りこむと、大きな息がこぼれた。この五分ほどでずいぶんと神経を使ってしまった。

真継は運転席に収まっても無言だった。走りだしてしばらくして、とうとう奏流のほうが耐えられなくなった。

「俺がいないあいだ、なに話してたんだ?」

「ユニットのことですよ」

「もう誘うなとか、脅しかけたんじゃないだろうな」

「人聞きの悪い。そんなことはしませんよ。成人した弟のことに口を出すなんて、みっともないでしょう」

「じゃ、なんだよ」

「当たり障りのない話です。わたしが『あれは頑固でしょう』と言ったら、苦笑して『諦めません』と返してきましたよ」

その程度かと、ほっとする。奏流がいなかった時間を考えれば、そう多くの言葉をかわしてはいないはずなのだ。

「で、あんたなんで来たの？」

「今日あたり、彼らが来るんじゃないかと当たりをつけたんですよ。運がよかった。何度も来なくてすみましたからね」

「ってことは、あの二人に会いに？」

「というより、確認に」

ステアリングを握る真継の横顔に、じっと視線を当てるものの、そこからなにかを読み取ることはできなかった。

「確認って？　まさか、こないだ言ってた下心？」

「そうです。話せば、ある程度のことはわかるかと思いましてね。それで手っとり早くユニットの話を振ってみたんです」

「……で？　どうだったんだよ。俺、間違ってる？」

当てにならないとバッサリやられた記憶も新しいから、結果は少し気になった。

「まぁ、今回に限っては一勝一敗……というところですかね」

「は？」

「一人はユニットのことだけでしょうが、もう一人は微妙な雰囲気でしたよ」

「嘘……」

まさかと笑い飛ばしたかったが、過去の事実がじゃまをした。それに、どちらが微妙なのか、気になってしかたなかった。

「ど、どっち……？」

「どちらだと思います？」

「わかんない、けど……もしかして阿佐谷さん？」

迷うことなく、一人を挙げていた。どうしてかと言われても説明できないのだが、二択ならばなんとなくそうかと思えた。

固唾《かたず》を呑んで答えを待った。

きれいなラインの横顔が、感心したように軽く動いた。

「少しは成長してるようですね」

「それじゃ……」

「ええ、黒髪のほうです。まったく、呆《あき》れるほど男にもてますね」

まるで他人のことのように呟く真継に、少しムッとした。奏流へのアプローチがあれだけ強引だった男がよく言えたものだ。

「先頭切ってるあんたが言うなっ」

横を向いて腹立たしさをアピールしたというのに、真継はむしろ楽しげだった。なにをしても、奏流は結局、真継の手の上なのだろう。

努めて顔を見ないようにしていたら、ふいに手が伸びてきて、耳のピアスに触れた。

途端に耳が熱くなった。

「あなたは、わたしのものですから」

静かな言葉に、不覚にもときめいた。熱が耳から全身に広がったのが悔しくて、ことさら奏流は窓の外を見続けていた。

あとがき

はじめましてのかたも、そうでないかたも、このたびはお手にとってくださいまして、ありがとうございました。

えー、まずはこの話の成り立ちから。

リンクスさんの小冊子の企画で、イラストにショートストーリーをつける……というのがありまして、そのときにいただいたのが、みろくことこ先生のイラストだったわけです。で、それを見て、私が勝手にこんなキャラクターとこんな設定を考え出し、小冊子のショートストーリーを書いたわけですが、そのあとで私が、「これで一本、やってみたいんですけど……」と申し入れまして、雑誌で前後編をやり、そしてこのように一冊になったわけです。

そんなわけで、まずはみろく先生に御礼を申しあげます。本来はきっとこんなキャラクターじゃなかったでしょうに、快く許可してくださいまして、ありがとうございました。美しくも色っぽいイラストをいただくことができて、とても嬉しいです。

いやー、初の試みでしたので、ちょっとドキドキ。でもショートで終わらせたくない気持ちが強かったので、こうして一冊の本になったことは感慨深いです。

イラストを見た瞬間に、「攻は丁寧語のインテリがいいなー」と思い、「だったら受の子は、それに振りまわされるお坊ちゃんにしよう」と、わりとすぐキャラが浮かびまして。ピアノ弾く子にしたのは、最初のイラストがパーティーっぽい感じだったからです。で、二人が園遊会に出席する、というショートを書いたのでした。

そこからどうしてピアノ弾く子になったのかは、もはや忘れました……。

あ、ちなみにそのショートストーリーは、知らなくてもまったく問題のないしろものです。今回の話よりも先の話ですし、読んだらあるいは微妙な違和感みたいなのを感じるかも……？　うーん、多少の齟齬はあるような気がします。

クラシックは最近あまり聞かなくなってしまった。ワールドミュージックのほうがよく聞きます。特にインドとかバリとか中東あたり。

これでお香なんか焚いたら雰囲気出そうですが、煙で目をやられてしまうのでしません。喉にもくるしな。

本当は夏も蚊取り線香焚きたいんだけど、煙がつらいので、電気式のしか使いません。絶対蚊取り線香のほうが効くと思うんだけど。

あー、いやな季節が近づいてくる……。暑いのは嫌いじゃないんですが、暑くなると出てくるやつらがとてもいや。

まぁ、好きなひとも、あまりいないだろうけど。

ところで十九歳の誕生日を過ぎた我が愛猫は、毎日ぽよーっと暮らしております。ほとんど寝てるけど。たまに起きてご飯食べて、徘徊してます。目も全然見えてないようです。食欲以外の欲求がほとんどないせいか、実に穏やかな顔してますよ。緊張感がないというか、野性味の欠片もないというか……。

わたしが薬を飲ませるのに失敗しても怒らないし。いや、もしかしたら怒っているつもりなのかもしれないけど、ちょっと鼻息が聞こえる程度。もう「フーッ」みたいな、いかにも怒ってますという反応はしないのだった。だいたいほとんど、なすがまま。

ふらふらと歩きまわっている姿も、散歩というより徘徊だし……。

本当にもう「余生」という言葉がぴったりですよ。こんなにあどけない顔になるのかー……と、真正面から見つめるたびに思います。

そんなこんなで、長年連れ添った猫への愛を一方的に深めている今日この頃です。たぶん、愛猫れんれんは、もうあんまりわたしのことを認識していない気もするけど。

もはや、やつの興味はご飯にしかないような……あと、暖かい寝床と。

愛猫から猫らしい「やる気」だとか「活発さ」だとかが、いっさいなくなってしまったので、約二十年ぶりくらいにジグソーパズルなんてやってみようかと思う今日この頃です。

れんれんが血気盛んだったころは、ピースをなくされそうで出来なかったのですが、すでに枯れているのでそれはもうないな……と。

およそ二十年のあいだにジグソーパズルも変わってました。マイクロピースとか、ものすごい小さなパズルで出来ていて、一〇〇〇ピースでもかなりコンパクトで場所を取らないものがあったりとか。さらに小さいのもあったりとか。

折を見てチャレンジしたいと思います。

最後になりましたが、ここまで読んでくださいまして、ありがとうございました。

また次回、なにかの本でお会いできたら幸せです。

きたざわ尋子《じんこ》

初出
指先は夜を奏でる ―――――――― 小説リンクス6、8月号（2010年）掲載作品
唇は愛を奏でる ―――――――― 書き下ろし

LYNX ROMANCE

だってうまく言《い》えない

きたざわ尋子 illust. 周防佑未

898円
（本体価格855円）

料理好きが高じて、総合商社の社食で調理のスタッフをしている繊細な容貌の小原柚希は、小さなマンションに友人と暮らしている。ワンフロアに二世帯しかなく隣人の高部とは挨拶を交わす程度の仲だった。
そんなある日、雨宿りをしていた柚希を、通りかかった高部が車で送ってくれることに。お礼として料理を提供するうち、二人の距離は徐々に近づいていくが…。

LYNX ROMANCE

ささやかな甘傷《かんしょう》

きたざわ尋子 illust. 毬田ユズ

898円
（本体価格855円）

アミューズメントを手がける会社、エスライクに勤める澤村は、不注意から青年に車をぶつけてしまう。幸いにも捻挫程度ですんだが、「家に置いてくれたら事故のことを黙っていてやる、追い出そうとしたら淫行で訴える」と青年は澤村を脅してきた。仕方なく澤村は、真治と名乗る青年と同居生活を送ることになった。二人の生活にも慣れ、彼からの好意も感じられるようになった頃、真治が誰かに追われるように帰宅してきて…。

LYNX ROMANCE

憂惑《ゆうわく》をひとかけら

きたざわ尋子 illust. 毬田ユズ

898円
（本体価格855円）

入院した父の代わりに、喫茶店・カリーノを切り盛りしている大学生の智暁。再開発によって立ち退きを迫られ、嫌がらせもエスカレートしていた矢先、突然7年ぶりに血の繋がらない弟の竜司が帰ってきた。驚くほど背が高くなり、大人の男の色気を纏って帰ってきた竜司に、智暁は戸惑いを隠せなかった。さらに竜司から「智暁が好きで、このままでは犯してしまうと思って家を出た」と告白をされ、抱きしめられてしまい…。

LYNX ROMANCE

そこからは熱情《ねつじょう》

きたざわ尋子 illust. 佐々成美

898円
（本体価格855円）

絵本作家をしながらCADオペレーターの仕事もこなす澄川創哉は、従兄で工学部研究員の、根津貴成と同居している。根津は、勝手気ままな振る舞いで、同居の初日に創哉を抱き、以来ずるずると9年の間、身体だけの関係が続いていた。しかし、根津に恋心を抱く創哉は、この不毛な関係を断ち切ろうと家を出る決心をするが、それを知った根津に強引に引き留められ…。

LYNX ROMANCE
同《おな》じ声《こえ》を待《ま》っている
きたざわ尋子
illust. 佐々成美

898円
（本体価格855円）

博物館学芸員を目指す木島和沙は、兄の親友でベンチャー企業の副社長である谷原柾樹と付き合っていた。しかし、ある事件により谷原に裏切られたことを知った和沙は谷原に別れを切り出すが、執拗な説得の前に「三年の間考える」という約束をしてしまう。それから離れて暮らしていた二人だったが、谷原の策略により、和沙は彼の下でバイトをすることになる。和沙の胸の奥には、まだ揺れ動く熱い想いが眠っていて…。

LYNX ROMANCE
瞬《まばた》きとキスと鎖《くさり》
きたざわ尋子
illust. 緒田涼歌

898円
（本体価格855円）

旅行先で暴行されそうになり、逃げ出した佑也は、憧れていた元レーサーの滝川に助けられた。彼が滞在予定のホテルに泊めてもらった夜、礼にと身体を差し出すが、そのいたいけな姿に違和感を覚えた滝川に拒絶される。複雑な家の事情から、代償を求められることに慣れてしまっていた佑也。頑なになっていた心を包みこむような滝川の優しさに、戸惑いながらも想いをゆだねていく。しかし、何者かが佑也をつけ狙い始め……。

LYNX ROMANCE
くちづけと嘘《うそ》と恋心《こいごころ》
きたざわ尋子
illust. 緒田涼歌

898円
（本体価格855円）

旅先で憧れの元レーサー・滝川と出会い、恋人となった佑也。だが宿泊していたリゾートホテルから帰り日常に戻ると、滝川との関係が不確かなものに思えてしまう。そんな気持ちに追い打ちをかけるかのように、体の関係を強要してくる義兄から連絡が入り、不安が募る。けれど落ち込む佑也を滝川は、甘い腕の中で不安を溶かしてくれた。その上、夢だった彼のチームで働くチャンスをもらい、佑也は新たな生活を始めるが…。

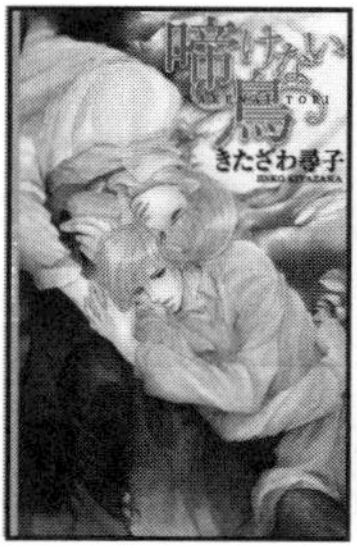

LYNX ROMANCE
啼《な》けない鳥《とり》
きたざわ尋子
illust. 陸裕千景子

898円
（本体価格855円）

身寄りがなく、天才が集まる組織で育てられた冬稀は、創薬研究所に勤める賀野に望まれ、入所することになる。自らに価値を見いだせずにいた冬稀は、熱意溢れる彼の言葉によって、心に奇妙な高揚感を植えつけられた。冬稀は賀野のために研究に没頭するが、仕事よりも冬稀の体を気遣う賀野の優しさにいつしか惹かれていく。しかし、自分が関わる研究でスタッフが事故死したことにショックを受け、研究が続けられなくなり…。

LYNX ROMANCE

鳥《とり》は象牙《ぞうげ》の塔《とう》にいる

きたざわ尋子

illust. 陸裕千景子

898円
（本体価格855円）

研究所で暮らしていた加室充紘は、天才的な頭脳を請われ、長和製薬に入社する。そこで、亡くなった兄に似た世話係の久保寺と対面し衝撃を受ける。だが、優しかった兄とは違う不躾な物言いに、充紘は最悪な印象しか感じなかった。しかし、充紘は極秘の研究をしているため、反発しつつも彼に頼るしかない。共に食事をしている時、充紘はふとしたことから久保寺の気遣いに触れる。乱暴な性格からは伺えない優しさに充紘は……。

LYNX ROMANCE

手《て》のひらの鳥《とり》かご

きたざわ尋子

illust. 陸裕千景子

898円
（本体価格855円）

創薬研究所に勤めている冬稀は、上司である賀野と恋人同士として付き合っている。ぎこちないながらも賀野と生活する冬稀は、一時遠ざかっていた仕事に復帰することになった。その矢先、冬稀の身辺を調べている男がいると、報告が上がる。心配した賀野が冬稀の周辺の警備を強化した時、瀬沼という弁護士から冬稀に面会の申し出があった。ある会社から依頼されてきた瀬沼から冬稀は、驚くべき出生の秘密を伝えられ…!!

LYNX ROMANCE

空《そら》を抱《いだ》く鳥《とり》

きたざわ尋子

illust. 陸裕千景子

898円
（本体価格855円）

長和製薬の創薬研究所に勤める充紘。恋人の久保寺の腕に抱かれて日々幸せを感じつつも、長和製薬が業界一位になったことを受けて激化する抗議団体の活動が気がかりだった。久保寺が不穏な周囲を警戒する中、隙を突かれた充紘は何者かに拉致されてしまう。殺人兵器を作るよう脅迫されるが、充紘は久保寺の助けを信じ、抵抗を諦めなかった。そして久保寺も、充紘を取り戻すためにある決断を下す——！　シリーズ最終巻!!

LYNX ROMANCE

言葉《ことば》なんていらない

きたざわ尋子

illust. 笹生コーイチ

898円
（本体価格855円）

大学生の風見圭祐は、美人で頭はいいが、少し変わり者の同級生の佐原志束と友人として付き合っていた。風見としては、不思議な行動を繰り返す志束に関わりたくはなかったが、一人でいると食事もしない志束をほうっておけず、行動を共にすることになったのだ。しかし、樹木医を目指す志束の時折見せるかわいらしさに友情とは違う感情が芽生えてしまう。ある時、風見は志束に告白をするが、事態は思いもかけない方向に……。

LYNX ROMANCE

息《いき》もできないくらい

きたざわ尋子　illust. 笹生コーイチ

898円
(本体価格855円)

大学生の拓未は、年上の従兄弟で弁護士の浩二郎を嫌っていた。なぜなら、双子の弟・志束に下心を持っているうえに、自分には不遜な態度を取るからだ。そんなある日、浩二郎が寝ている志束にキスをしようとするところを目撃してしまう。さらに、浩二郎は、弟を口説くためにバイトを頼むと宣言する。弟を守りたい拓未は、代わりにそのバイトを引き受けるのだが、浩二郎に恋心を抱いていることに気づいてしまい……。

LYNX ROMANCE

強《つよ》がりでも本気《ほんき》でも

きたざわ尋子　illust. 高宮東

898円
(本体価格855円)

中沢祐秋はカフェで財布を忘れて困っているところを華やかで知的な大人の雰囲気をもつ安佐見に助けられる。美容院を経営している安佐見にお金を返そうとした祐秋だったが、彼から食事に誘われ共に過ごすうちに、いつしか強引で優しい安佐見に惹かれていった。しかし祐秋は信じていた人に一方的に振られ、辛い失恋を経験していた。その傷を引きずったまま安佐見と溺れるような関係を続けていくが…。

LYNX ROMANCE

週末《しゅうまつ》の部屋《へや》で

きたざわ尋子　illust. Lee

898円
(本体価格855円)

一途な性格で綺麗な容姿の安達久貴は、祖父の会社の秘書だった竹中に恋をし続けている。中学生の時に告白してふられていたが、彼への想いを断ち切れなかった。大学生になったある日、久貴は再び告白しようと竹中の元を訪れた。しかし、彼から想い人がいると告げられ、久貴は激しいショックを受ける。叶わない想いと知りながらも久貴は、竹中の傍にいられたらと、身体だけの付き合いを申し出るが……。

LYNX ROMANCE

真夜中《まよなか》の部屋《へや》で

きたざわ尋子　illust. Lee

898円
(本体価格855円)

かつては祖父の秘書で、ずっと好きだった竹中と恋人同士となった久貴。週末ごとに竹中と幸せな時間を過ごしていたが、久貴は一抹の不安を抱えていた。竹中に対する想いは日々強くなっていくのに、彼は以前と変わらない冷めた態度で、久貴に接するのだ。彼との想いの温度差に悩むある日、友人の翔太郎から、「恋愛は駆け引きだ」と助言される。竹中の本心を知るため久貴は、竹中と距離をおこうとするが……。シリーズ第2弾!!

LYNX ROMANCE

部屋《へや》の明《あ》かりを消《け》して

きたざわ尋子

illust. Lee

898円
(本体価格855円)

長年片想いし続けていた年上の竹中と、ようやく恋人同士になれた久貴。充実した毎日を送っていたある日、久貴の元に従兄弟の俊弥が家出してきて、預かることに。しかし、男同士の恋愛を嫌悪する俊弥の手前、竹中を恋人として紹介できなかった。俊弥から自分たちの仲を必死に隠そうとする久貴だが、竹中は意に介さず、普段と同じように迫ってきて……。『週末の部屋で』シリーズ第3弾!!

LYNX ROMANCE

部屋《へや》は夜《よ》明《あ》けに眠《ねむ》る

きたざわ尋子

illust. Lee

898円
(本体価格855円)

安達久貴は建築のデザイナーとして、竹中の恋人としても、幸福な生活を送っている。しかし、以前出会った三田村のリフォーム依頼を受けたことから、強引なアプローチをされることになった。恋人がいるのを知りながら誘ってくる三田村に、困惑する久貴だったが、竹中の言葉に絆は揺るがないと信じていた。しかし、仕事のため別荘に行った久貴は、竹中の目の前で三田村に、突然キスをされ動揺してしまい…。シリーズ最終巻!!

LYNX ROMANCE

あの恋《こい》のつづき

きたざわ尋子

illust. 笹生コーイチ

898円
(本体価格855円)

高校生の森岡誓の元に突然、二十億円もの遺産相続の話が舞い込む。あまりにも突拍子のない話を辞退するために訪れた部屋で、誓は初恋の相手である杉浦鷹輝に再会する。幼き日の想いがよみがえり、胸を高鳴らせる誓。しかし鷹輝は誓を覚えておらず、逆に冷たくあしらわれてしまう。それでも誓は鷹輝をひたむきに慕い続ける。そんなある日、鷹輝の部屋を訪れた誓は、思い詰めた表情の鷹輝にむりやり身体を奪われ——!?

LYNX ROMANCE

恋《こい》に濡《ぬ》れて

きたざわ尋子

illust. 北畠あけ乃

898円
(本体価格855円)

高校生の古賀千紘は幼い時に両親を亡くして以来、周囲への素っ気ない態度のせいで孤立した生活を送っている。そんな千紘にも大切な思い出があった。幼い頃にたったひと夏、兄のように慕った仁藤諒一と一緒に暮らした日々。休みを利用して、別荘地に向かった千紘は、偶然諒一と再会する。昔と変わらない諒一の包み込むような優しさに、千紘の鬱屈とした心は癒されていく。だが諒一が、千紘に突然告白してきて——!?

LYNX ROMANCE

夜《よる》に溺《おぼ》れて

きたざわ尋子

illust. 北畠あけ乃

898円
(本体価格855円)

大学生の古賀千紘は、過去につらい別れ方をした仁藤諒一にやり直させてほしいと請われ、再び彼と恋人同士になった。諒一を信じたいと思いながらも、臆病な千紘は諒一に対する警戒心を拭いきれない。以前と違い、優しく接してくる諒一にも戸惑い、千紘は諒一とぎこちない生活をおくっていた。そんな中、諒一から『籍を移さないか』と告げられるが、千紘は素直に頷くことができず……。

LYNX ROMANCE

きわどい賭《かけ》

きたざわ尋子

illust. 金ひかる

898円
(本体価格855円)

ある日、朝比奈辰征はホテルの地下駐車場で、思いつめた表情の少年、西崎双葉と出会う。異母弟の御原隆一と勘違いされていることに腹を立てながらも、双葉の容貌に惹かれた朝比奈は、ちょっとした悪戯心を起こし彼をからかう。涙ぐみながらも快感にうたれる双葉…。そんな姿を見て朝比奈は、別人であることを告げる。動揺しつつも隆一を捜すことをあきらめられない双葉は、朝比奈に隆一を捜し出してくれるよう頼むが…。

LYNX ROMANCE

あやうい嘘《うそ》

きたざわ尋子

illust. 金ひかる

898円
(本体価格855円)

朝比奈が所有しているマンションに住むことになった双葉。強引な朝比奈にからかわれながらも、双葉は恋人として半同棲生活をおくっていた。そんな中、同じ大学の先輩である坂上が現れる。謎につつまれた朝比奈の職業を知りたがる坂上に双葉はしつこくつきまとわれ、バイト先にまで押しかけられてしまう。それを聞いた朝比奈は、双葉を守ろうとある行動にでるが…。待望の書き下ろしは、布施と穂村の謎めいた関係があかされる。

LYNX ROMANCE

つたない欲《よく》

きたざわ尋子

illust. 金ひかる

898円
(本体価格855円)

厄介な性格の朝比奈を恋人にしてしまった双葉は、遊ばれながらも平穏な日々をおくっていた。しかしそんな生活の中でも、双葉の心には、朝比奈の特殊で危険な仕事に対しての不安があった。互いの生き方の違いに思い悩む双葉。そんなある日、双葉のバイト先で常連客の成沢が体調を崩し、双葉が家までおくりとどけることになった。成沢に顔も知らない父親の面影をかさねていた双葉は…。

この本を読んでの
ご意見・ご感想を
お寄せ下さい。

〒151-0051
東京都渋谷区千駄ヶ谷4-9-7
(株)幻冬舎コミックス　小説リンクス編集部
「きたざわ尋子《じんこ》先生」係／「みろくことこ先生」係

リンクス ロマンス

指先は夜を奏でる

2011年4月30日　第1刷発行

著者……………きたざわ尋子《じんこ》
発行人…………伊藤嘉彦
発行元…………株式会社　幻冬舎コミックス
〒151-0051　東京都渋谷区千駄ヶ谷4-9-7
TEL 03-5411-6434（編集）
発売元…………株式会社　幻冬舎
〒151-0051　東京都渋谷区千駄ヶ谷4-9-7
TEL 03-5411-6222（営業）
振替00120-8-767643
印刷・製本所…共同印刷株式会社
検印廃止

ISBN978-4-344-82214-6 C0293
Printed in Japan

幻冬舎コミックスホームページ　http://www.gentosha-comics.net